KB272907

날씨와 인터뷰하는 법

날씨와 인터뷰하는 법

1판 1쇄 인쇄   2026. 1. 30.
1판 1쇄 발행   2026. 2. 12.

지은이   김세현

발행인   박강휘
편집 박보람 | 디자인 조명이 | 마케팅 이유리 | 홍보 이한솔 이아연
발행처   김영사

등록   1979년 5월 17일 (제406-2003-036호)
주소   경기도 파주시 문발로 197(문발동) 우편번호 10881
전화   마케팅부 031)955-3100   편집부 031)955-3200 | 팩스 031)955-3111

값은 뒤표지에 있습니다.
ISBN   979-11-7332-465-9 03810

홈페이지 www.gimmyoung.com   블로그 blog.naver.com/gybook
인스타그램 instagram.com/gimmyoung   이메일 bestbook@gimmyoung.com

좋은 독자가 좋은 책을 만듭니다.
김영사는 독자 여러분의 의견에 항상 귀 기울이고 있습니다

날씨와 인터뷰하는 법

기상전문기자의
예측불허 인생 예보기

김세현

기상전문기자

일일드라마

김영사

4부 이상 기후

연구실에서

뉴스룸까지

삶의 변화가 늘 거창하게 찾아오지는 않는다. 여름날 갑자기 쏟아지는 소나기처럼 예상치 못하게 찾아오기도 한다. 내 진로도 그랬다. 중학생 때 여느 때와 다름없이 지극히 평범한 일상 속에 친구와 함께 본 영화 한 편이 내 인생의 기류 흐름을 '대기과학'으로 바꿔놓았다.

대학과 대학원을 거치며 일기도 보는 법과 일기도 뒤에 숨은 수많은 방정식을 토대로 대기의 구조와 패턴을 이해하는 법을 배웠다. 그 시절 내 삶은 고기압 한가운데처럼 안정적이었다. 안정적인 흐름 속에서 막연히 또는 당연히 연구자로 살 거라 생각했다. 진로가 달라지리라고는 상상조차 하지 못했다.

그러던 어느 날, 지도 교수님의 예상치 못한 제안이 마치 '전선'이 지나가며 기류를 급격히 바꾸듯 큰 변화를 불러왔다. 연구실의 연구자와는 전혀 성격이 다른 방송국 '기상전문기자'로 향하게 된 것이다.

방송국에 들어간 지 얼마 안 되어 나는 곧바로 깨달았다. 연구실의 삶과 뉴스 현장의 일상은 생각보다 훨씬 더 간극이 크다는 사실을. 연구자의 분석적인 시선과 현장에서 바람을 맞고 폭염을 느끼며 사람들의 궁금증부터 떠올리는 기자의 시선은 겹치는 듯 보이지만 전혀 다른 세계였다. 또 현장에서 듣는 질문들은 단순하지만 반박할 수 없는 핵심을 찌르기도 했다. "왜 갑자기 이렇게 추워졌어요?"; "비 온다더니 왜 햇볕만 쨍쨍하죠?"; "일기예보는 왜 자꾸 틀려요?" 등 당연했던 일이 당연한 게 아니었고, 논문과 보고서 속 한 줄로만 들어갔던 나의 한 문장은 누군가의 일상으로 흘러들어 갔다.

언제 어디서 만날지 모르는, 예측하기 어려운 난기류 같은 업무를 마주하며 나는 실감했다. 연구실에서 배운 지식만으로는 충분하지 않다는 점을, 또한 기상전문기자의 일은 '많이 아는 것'보다는 '쉽고 정확하게 전달하는 것'이 더 중요하다는 점을. 박사 학위까지 마쳤지만 나는 다시 배워야 했고, 지금도 배우는 중이다.

　이 책에는 카메라 앞에서 굳어버리기 일쑤였던 내향인의 고난, 예보와 현실 사이의 차이 속에 밤새 마음 졸였던 나날, '날씨 덕후'로서 기다리던 날씨를 전달할 생각에 가슴 두근거렸던 순간처럼, 겉으로는 고요해 보이지만 그 안에서는 상승 기류가 요동치는, 리포트 제작의 뒷이야기를 담아보았다. 단 한 번도 같은 적이 없는 하늘을 마주하며, 연구자와 기자 사이 그 어디쯤에 있을 내 역할을 찾기 위한 노력이 날씨를 좋아하는 누군가에게 작은 도움이 되기를 바라며, 직접 경험한 《날씨와 인터뷰하는 법》을 소개하고자 한다.

1000
1010
1020
1000

1부

제트 기류에 몸을 맡기고

안녕,

　　기상학

　　고등학교 진학을 앞둔 2004년 여름, 친한 친구와 함께 영화관을 찾았다. 그날 본 영화는 〈투모로우^{The Day After Tomorrow}〉였다. 새하얗게 얼어붙어버린 자유의 여신상이 그려진 포스터가 인상 깊은 재난 영화였다. 기후 변화로 빙하가 다 녹아서 해류에 변화가 생기고 지구에 빙하기가 덮치자, 기후학자인 주인공이 위기에 빠진 아들을 구하러 가는 내용이다. 특별할 것 없을 법한 재난 영화였지만 이 영화가 내 인생을 바꿔놓을 줄은 꿈에도 몰랐다.

　　지금까지도 머릿속에 가장 인상 깊게 남은 영화 속 장면들은 이상한 관측 현상이 나타나기 시작하는 것, 주인공인 기후학자의 말이 정치인들에게 무시당

하는 것, 사람이 헬기에서 내리자마자 얼어버리는 것이다. 과학적인 데이터를 바탕으로 지구와 인류를 구하기 위해 고군분투하는 기후학자라니! 사실 정확히 어느 포인트에 꽂혔는지는 정확히 기억나지 않지만, 미래를 예측해서 사람들에게 알려주고 목숨을 구한다는 점에 큰 매력을 느꼈던 듯하다. 영화를 보고 난 뒤의 내 행동을 돌이켜보면 말이다.

영화를 보고 와서 기상학자, 기후학자가 되는 방법을 찾아보았다. 그러다가 대기과학과라는 과목을 찾았고, 이 분야를 전공하면 영화에서 본 그 과학자의 길을 걸을 수 있겠다고 생각했다. 서울에 있는 대학교 중에 서울대학교와 연세대학교에만 해당 학과가 있다는 비극적인 사실 또한 알게 됐다.

그렇게 꿈 많고 한계를 모르는 중학생은 대기과학과에 꼭 가고 싶다는 마음에, 또 효율적인 공부를 하고 싶다는 마음에, 당돌하게도 서울대학교 대기과학과 교수님께 메일을 보냈다. 이제 고등학교 올라가는데, 대기과학과에 가려면 어떤 공부를 어떻게 하는게 좋은지 질문하는 내용의 메일이었다. 학과 과목에 대기역학과 대기물리가 있던데 어느 책을 보며 공부하면 좋겠냐는 질문까지 보탰다. 답장은 받지 못했다. 지금 와서 생각해보면 누군지도 모르는 중학생이 보내온 밑도 끝도 없는 질문에 교수님이 답장해줄 리 없으니 서운해할 일은 아니지만 말이다. 아무튼 그때부터 내 대기과학 외길 인생이 시작됐다.

목표가 정해져서일까, 공부가 재미있었다. 물론 '지구과학'에 한해서였다. 지구과학은 크게 지질·기상·우주 이렇게 세 분야로 나뉘는데, 특히 기상 쪽을 정말 재밌게 공부한 기억이 난다. 친구들에게 가르쳐주는 것 또한 얼마나 즐겁던지, 친구들이 어렵다고 하면 나만의 방식으로 이해한 내용을 칠판에 고기압과 저기압을 그려가며 알려주곤 했다. 물론 친구들은 더 헷갈려한 적이 많지만….

고등학생 때 기억에 남는 일화가 있다. 장래 희망을 담임 선생님과 상담하는 시간이었다. 목표로 하는 대학교와 학과 그리고 직업을 써서 내야 했는데, 나는 대학교란은 공란으로, 학과는 대기과학과, 직업은 기상학자로 써서 제출했다. 상담 시간에 담임 선생님의 첫 질문은 "대기과학과가 뭐 하는 학과니?"였다. 대기과학과에 가겠다는 학생을 처음 보셨던 것이다.

선생님은 내가 이과생이라면 으레 적어놓을 법한 의대나 공대의 유명한 학과를 지망할 거라고 생각하신 듯했다.

그러나 열정 넘치는 대기과학과 지망생이던 나는 대학교를 정해놓지 않고 학과만 적어 냈다는 나의 열정과 대기과학과라는 학과가 어떤 학과인지 선생님께 설명 드렸다는 사실에 뿌듯함을 느꼈다. 그리고 그 이듬해, 나는 인류를 구하는 기상학자의 꿈을 안고 연세대학교 대기과학과에 입학했다.

기상학

　　＝수학＋물리＋컴퓨터(+애정)

　　기상학자의 꿈을 안고 들어온 대학 생활은 만만치 않았다. 정말 공부를 열심히 할 생각이었는데, 대학교에는 재미있는 게 너무 많았다. 외국 영화에 심심찮게 나오는 인물들, 예를 들면 공부만 하는 우등생들처럼 뽀글뽀글한 곱슬머리에 안경을 쓰고 도서관에 처박혀 공부만 할 줄 알았는데, 어떻게 하면 공강을 효율적으로 늘려서 많이 놀 수 있을지를 더 치열하게 고민했던 것 같다.

　　내가 입학할 무렵에는 개별 학과가 아니라 학부 단위로 들어간 뒤 나중에 학과를 정하는 제도였기 때문에 대기과학과 수업보다는 이과 대학 공통 과목을 더 많이 들었다. 개인적으로 정말 싫어한 글쓰기와

영어 작문, 일반 화학 강의도 들어야 했다. 그런 와중에 대학교에는 재밌는 행사와 축제가 어찌나 많던지.

1학년 때는 일반 공통 과목을 정신없이 듣고, 2학년이 되어서야 지망 학과를 결정해 전공 수업을 들을 수 있었다. 1지망부터 3지망까지 써서 학점에 맞춰 전공을 배정받는 시스템이었는데, 1~3지망 모두 대기과학과를 쓴 나는 2학년 1학기에 비로소 대기과학과 전공생이 되었다. 그런데 대기과학은 그동안 내가 배운 지구과학과는 달랐다. 당연한 일이지만 대학교 수업은 모든 전공이 고등학교 때와 많이 달랐다. 수학의 경우, 고등학교 때 배운 수학과 대학교에서 배우는 수학을 같은 수학이라고 해도 되나 싶을 만큼 다르게 느껴졌다.

대기과학 첫 강의를 듣고 나니 수학과 물리학을 합친 과목이라고 해도 무방하겠다는 느낌이 들었다. 대기 역학, 대기 물리, 유체 역학, 대기 분석, 수치 예보, 위성 기상학, 전산 유체 역학 등 고등학교 시절 알록달록한 일기도와 구름으로 그려졌던 대기과학은 무수히 많은 수식의 결과물이었다. 단순히 고기압 주변 바람은 시계 방향으로, 저기압 주변 바람은 반시계 방향으로 분다는 사실에서 더 파고들어가 왜 고기압과 저기압이 생기고 강해지는지를 원리부터 배우게 된 것이었다.

입학 전 다짐한 것과 달리 엄청난 모범생이 되진 못했지만 여러 원리를 배우면서 기상학의 묘한 매력에 점점 더 빠져들었다. 하늘 자체가 강의실이자 실험실인 기상학은, 밖에 나가면 그 현상을 바로 체험할 수 있다는 점이 매력이었다. 복잡한 수식이 현실에서 나타나는 모습을 보면 자연의 경이로움을 느끼지 않을 수 없었다. 또한 그 수식을 발견한 과학자들에게 존경심도 생겼다.

하늘을 보며 오늘의 날씨에 대해 토론하거나 수업 때 일기도를 그리는 시간도 예상보다 적었지만, 일상생활에서 직접 겪는 날씨 현상이 수식으로 표현되고 이해되는 것이 또 다른 매력으로 다가왔다. 또 그러한 수식을 컴퓨터 코딩으로 계산해 예측한다는 점도 흥미로웠다. 미래를 예측해 사람을 구한 기후학자에 꽂혀서 전공을 선택했기 때문인지, 나에게는 수많은 세부 분야 중에서도 '예보'가 제일 매력적이었다. 미래를 예측하는 일, 나는 기상학의 최종 목표이

자 꽃은 예보라고 생각한다. 더 정확히 예측해야 한다는 목표가 승부욕을 자극하는 느낌이다.

그러나 대기과학과 전공 과목을 들어도 예보에 대한 갈증은 채워지지 않았다. 예보만 중점적으로 다루는 과목이 없기도 했거니와, 기상청 같은 곳이 아니면 각 잡고 예보를 하지 않기 때문이다. 예보에 대한 이런 갈증과 더불어 대학 졸업 후에 어디 가서 대기과학을 전공했다고 말하기에는 무언가 많이 부족하다는 생각이 들었다. 일기도 분석이나 예보를 특출나게 잘하는 것도 아니고, 왠지 모르게 공허했다. 기상학자가 되지 못한 채 대기과학 겉핥기만 하고 끝난 느낌이랄까. 그래서 자연스레 나는 졸업하면 바로 대학원에 진학하기로 결심하고 어느 연구실로 갈지 고민했다.

그러던 중 또 다른 '투모로우'가 찾아왔다. 바로 로렌즈의 '나비 효과'였다. 이 이론은 사람들에게 많이 알려져 있는데, 예를 들면 브라질에서 작은 나비의 날개짓과 같은 미세한 움직임이 미국 텍사스에 토네이도를 일으킬 정도로 파급력을 안겨줄 수 있다는 이론이다. '홀턴책'이라 불리는 대기 역학 교과서의 마지막에 이 이론에 관한 코딩이 나오는데, 그 코딩으로 프로그램을 짜면 '로렌즈의 어트랙터'라는 그래프가 그려진다. 겹치지 않는 선이 마치 나비 모양처럼 계속해서 이어지는 그 어트랙터를 보고, 강한 호기심과 도전 정신이 생겨났다. 앞서 말한 승부욕이 자극받았다고 해야 할까?

'이런 이론을 공부해서 우리나라 날씨 예측의 정확도를 높이고 싶다!'라는 포부가 어느새 생겼다. 그리하여 대기예측성을 공부하고자 '대기예측성 및 자료동화 연구실'로 가게 되었다. 그 연구실에서 나는 석사 과정 때는 우리나라에 발생한 황사에 관해서, 박사 과정 때는 우리나라 강수 예보의 예측성을 향상하는 방법에 관해서 연구하게 되었다.

"앞으론
　　　다신 안 올 거야"

　　내가 공부한 연세대학교 대기과학과 대학원에서는 주로 기상청이나 기상 연구소 등 관련 기관과 연구 재단의 과제를 따내 연구비를 받거나, 과제를 직접 제안해 연구비를 따내면서 연구를 진행했다. 직장인처럼 연구실에 상근하면서 과제를 수행해 월급을 받으며, 과제를 수행하면서 나오는 연구 결과로 학위 논문을 작성해 졸업하는 구조였다.

　　때는 2012년 여름, 박사 과정에 들어가기 직전 석사 후 연구원으로 있을 무렵으로 기억한다. 연구실 선배의 연구 과제를 도우려고 기상청에 처음 가게 되었다. 그때 우리 연구실은 주로 기상청에서 현업에 사용하는 모델로 실험을 했기 때문에 연구실 선배들은 기상청에 자주 다녀오곤 했다. 하지만 나는 석사 과정 때 학부 과목의 조교를 맡아 학부생들을 데리고 견학만 한 번 다녀왔을 뿐, 과제를 목적으로 가는 건 처음인지라 뭔가 일을 하러 간다는 두근거림을 느끼며 기상청으로 향했다.

기상청 경비실에 신분증을 제출하고, 출입증을 받고, 과제 담당 연구관님과 함께 기상청 수치 모델 개발과를 방문해 인사한 뒤 부서에 마련되어 있던 선배가 사용하는 자리에 앉았다. 그때 처음으로 슈퍼컴퓨터를 사용했는데, 지금 생각해보면 매우 영광스러운 순간이 아니었나 싶다. 우리나라에 몇 없는 슈퍼컴퓨터를 다뤄본 사람이 됐으니까!

잠시 TMI로 넘어가자면, 슈퍼컴퓨터는 기상청이 아니라 충북 오창에 있는 슈퍼컴퓨터센터에 있다. 슈퍼컴퓨터는 일반 컴퓨터처럼 작은 기계 한 대가 아니어서 넓은 공간이 필요하다. 또 지나치게 열을 받거나 습도가 높으면 안 되기 때문에 항온항습 환경을 유지하기 위해 슈퍼컴퓨터센터에서 따로 관리하는 것이다. 그때 내가 사용한 슈퍼컴퓨터 3호기의 이름은 '해온 해담 해빛'이었다.

앞으로 말하는 예보·예측 시스템이란 기상청 슈퍼컴퓨터로 돌리는 예보 모델을 가리킨다. 기상청 슈퍼컴퓨터를 일반 컴퓨터에 대입하면, 예보 모델은 PC에 설치된 응용 프로그램으로 보면 된다. 슈퍼컴퓨터에 관한 기사가 나오면 '기상청은 슈퍼컴퓨터로 고스톱 치냐'라는 댓글이 달리곤 하는데, 기상청 슈퍼컴퓨터는 리눅스 기반이기 때문에 고스톱 게임을 하고 싶어도 할 수가 없다.

현업 예보 모델을 사용하려면 슈퍼컴퓨터에 접속해야 했는데, 기상청 내부 연결망을 이용하면 슈퍼컴퓨터에 접속할 수 있어서 오창까지 가지 않아도 기상청에서 실험을 할 수 있었다. 기상청은 서울 보라매 공원 근처에 있었는데(지금은 예보와 소통 부문을 제외하고 대전으로 이전했다) 교통이 꽤나 불편했다. 그때 내가 살던 일산에서 기상청까지 갔다가, 작업 후 연구실에 들러 자료를 정리하고 퇴근하는 일정이 만만치가 않았다. 그래도 오창까지 가는 것보단 낫다고 생각하며 그렇게 두 달가량을 주 1~2회 정도 기상청에 가서 실험을 했다. 그 뒤로는 내가 더 이상 할 일이 없어서 가지 않았지만 처음으로 기상청에서 일해봤다는 것, 슈퍼컴퓨터를 다뤄봤다는 것은 짧지만 좋은 추억으로 남았다.

문제는 박사 과정에 입학한 후였다. 그해 가을에 박사 학위 과정을 시작했는데, 갑자기 기상청 과제를 맡게 되었다. 그것도 예보 시스템, 그러니까 슈퍼컴퓨터 안에 응용 프로그램을 구축해야 하는 주제였다. 당시 기상청은 예보 모델로 영국에서 개발한 통합 모델UM, Unified Model을 쓰고 있었는데, 이 프로그램을 개선해서 더 나은 예보를 생산하는 과제였다. 이 말은 곧 '기상청 죽순이'가 되어야 한다는 뜻이었다. '할 수 있을까' 생각하기도 전에 '해야만 하기 때문에' 과제 초반 작업이 끝난 뒤 본격적으로 실험을 해야 할 때는 거의 매일 기상청으로 갔다.

다행히 초반에는 연구실 선배와 같이 과제를 하게 되어 부담을 덜 수 있었지만, 하루에 4시간 가까이를 길 위에서 보냈다. 버스 타이밍이 잘 맞을 때는 집에서 기상청까지 1시간 30분~2시간, 기상청에서 학교까지 1시간, 학교에서 집까지 1시간이 걸렸다. 가끔 시스템을 수정해 다시 구축해야 할 때는 새로 코딩을 하고 오류와 씨름하느라 막차 시간까지 기상청

에서 일한 적도 있었고, 휴일에 나간 적도 있었다. 매일같이 가다 보니 내가 기상청에 갈 때마다 번번이 과제 담당 연구관님이 나올 수 없어서 기상청 출입증을 따로 발급받아 다니기까지 했다.

서러운 적도 있었다. 처음에는 수치 모델 개발 부서 옆에 있는 자리 하나를 얻어 컴퓨터를 사용했다. 그래서 기상청에서 일한다는 느낌이 들고, 가끔은 간식 시간에 초대받아서 좋았다. 그러던 어느 날 높으신 분이 방문한 뒤, 나와 주변에 있던 외부 용역 업체 파견자들의 자리가 바뀌었다. 내부에 있으면 회의 내용이라든가 비밀이 유출될 수 있다는 이유 때문이었다. 내 자리는 지하 1층으로 옮겨졌다가 과제 막바지에는 지하 주차장 한쪽에 새로 마련된 사무실로 옮겨져 그곳에서 일을 했다. 일하는 환경이 점점 열악해진 셈인데, 한편으로는 후문을 통해 바로 출입할 수 있어서 좋았다. 기상청 직원도 아닌데 날마다 정문으로 들어가면서 경비원분들과 인사하는 게 조금은 쑥스러웠기 때문이다.

아무튼 길에서 많은 시간을 보내고, 또 연구실 가서는 그곳에서 할 수 있는 작업을 하느라 밤 늦게 퇴근하고, 주말 출근이 일상이었던 나는 연구실 사람들에게 "연구실에서 연구할 수 있는 걸 행운으로 알아"라며 종종 꼰대 같은 말을 했다. 그럼에도 강행군을 버틸 수 있었던 것은, 기상청 현업 예보 모델을 사용해 나름 실용적인 연구를 할 수 있었기 때문이다.

실생활에 적용할 수 있는 실용적인 것을 좋아하는 내 성격을 감안하면, 정말 운이 좋았다. 수행하는 과제를 졸업 주제로도 쓸 수 있었고, 우리나라 날씨를 분석하고 예보에 적용해볼 수 있다는 점에서 실용적인 연구였기 때문이다. 실제로 과제를 수행하면서 현업화한 기술들도 있었다. 또한 우리나라 강수 사례를 이용해서 연구했기 때문에 단순히 예보 모델에 관한 것뿐만 아니라 우리나라의 강수 시스템과 예측성까지 연구할 수 있었다. 슈퍼컴퓨터도 슈퍼컴퓨터지만, 당시 기상청에서 사용한 현업 모델을 이용해 예측성을 높이는 기술인 '자료동화'를 연구한 사람은 우리나라에 몇 명 없을 때여서 더욱더 행운이었다고 느낀다.

그렇게 기상청을 오가며 무사히 졸업하고, 과제를 수행한 지 5년쯤 지난 2018년 11월, 과제가 모두

끝났다. 나는 기상청에 있는 짐을 정리하고 나오면서 건물을 향해 속으로 외쳤다. '정말 고마웠다. 그렇지만 앞으론 다신 안 올 거야. 다신 보지 말자!' 이 말이 몇 달 후에 전혀 예상치 못한 방법으로 번복되리라고는 꿈에도 모른 채 말이다.

"JTBC에

　　지원해보는 건 어때?"

　　2018년 12월, 기상학 박사가 된 지 어느덧 1년하고도 4개월이 지났다. 그동안 학기마다 강의도 하고 논문 작업도 했지만, 뒤늦게 맞닥뜨린 진로 고민의 늪은 몹시 깊었다.

　　학부 때는 휴학 한 번 하지 않았고, 석사와 박사 과정 때는 중간에 쉰 적이 없어서 대학 입학부터 내리 13년을 대기과학과에 있었다. 우스갯소리로 나는 대기과학과가 자리한 연세대학교 과학관 5층의 NPC^Non-Player Character(게임에서 플레이어에게 게임을 안내하거나 스토리 진행을 도와주는 캐릭터로, 정해진 위치나 공간에 나타나 플레이어에게 퀘스트를 내거나 보상을 준다)라는 말을 하곤 했다. 아무튼 대학원에 진학해 연구를 계속

한 이유가 '학문에 대한 갈증'이었지 '교수가 되기 위해서'가 아니었던 터라 아예 다른 분야로 떠나볼 생각까지 할 만큼 고민이 깊었다.

나는 맡고 있던 연구 과제의 최종 보고서와 발표 자료를 지도 교수님께 드린 후 뒤늦은 자아성찰을 위해 연구실을 아예 나왔다. 그러고는 한 달쯤 지났을 무렵, 지도 교수님에게서 전화가 왔다. 최종 보고서에 문제가 있었나 아니면 최종 발표에서 무슨 일이 있었나 의아해하며 전화를 받았다. 당연히 과제와 관련한 말씀을 하실 줄 알았는데, 뜻밖의 이야기를 꺼내셨다.

"김 박사, JTBC에서 기상전문기자를 뽑는다는데 지원해보는 건 어때?"

조금 전 회의에서 다른 교수님을 통해 JTBC의 기상전문기자 채용 소식을 듣고 내가 생각나서 연락하셨다고 했다. 그런데 채용 조건이 좀 독특했다. 학위가 있는 사람을 추천받는다는 거였다. 다음 주까지 고민해보고 연락드리기로 하고 전화를 끊었다.

'기상전문기자'라는 직업에 관해 들어보긴 했다. 학부 때부터 친하게 지내던 선배가 연구소에 있다가 연합뉴스TV 기상전문기자로 이직했다는 것, 학부 과목인 '방송기상학'을 기상전문기자가 와서 가르친다는 것. 겨우 이 정도가 내가 아는 기상전문기자라는 직업의 전부로, 그냥 그런 직업이 있다는 것만 아는 정도였다. 그런데 갑자기 내 직업으로 기상전문기자라니. 부끄럽지만 방송 뉴스도 잘 보지 않았고 인터넷 뉴스의 랭킹 뉴스 몇 개로 세상을 파악하는 정도였던 나에게 기자라는 직업은 외계 행성의 이야기와도 같았다.

인터넷에서 기상전문기자를 검색해봤다. 예상보다 정보가 많지 않았고, 지상파 방송국에 총 7명 정도로 적은 수의 기상전문기자가 있었다. 주로 태풍이나 폭염 등 위험 기상이 많은 여름철에 바쁘며, 현상에 대한 설명·분석과 함께 앞으로 어떨지에 관한 내용 등을 전하는 직업이었다. 방송 기사이기 때문에 주어진 시간 동안 간단명료하게 기상 원리를 전달해야 했다. 그렇지만 딱히 학위가 필요해 보이지는 않았다. 그러다 이른바 '현타'가 갑작스레 찾아왔다. 박사 학위에 대한 자부심이랄 건 없었지만, '그래도 박사 학위까지 했는데 기상학자가 돼야 하지 않을까?' 하는

생각을 시작으로 전공을 결정했을 때와 학위를 따는 과정에 있었던 일들이 머릿속을 스쳤다. 고등학교 입학 직전 〈투모로우〉를 보고 기상학에 꽂혀 대학 입학부터 박사 과정까지 휴학도 없이, 어찌 보면 학자의 길만을 달려온 나에게는 다른 길을 생각해보는 것 자체가 비현실적으로 느껴졌다.

혼란스러운 자아성찰 도중에 문득, 학위 과정을 계속했던 이유가 떠올랐다. 평소에도 실생활에 적용할 수 있는 것을 좋아하는 성향이 강한 나는 운 좋게도 학위 과정 동안 비교적 실용적인 연구를 할 수 있었다. 기상청과 학교를 오가느라 4시간 가까이를 길 위에서 보내면서도 버틸 수 있었던 것은 앞서도 말했듯이 실제 예보에 적용할 수 있는 연구 주제를 다루었던 덕분이다. 학위 과정 때 연구한 내용이 기상청 현업에 적용되기도 했으며, 박사 후 연구원 때는 '영향예보'라는, 실생활과 아주 밀접한 기상 정보 가공에 관해 연구하기도 했다.

그렇다면, 기상전문기자도 기상과 관련된 실생활에 필요한 정보를 전달하는 직업이라면, 적성에 맞지 않을까라는 생각이 들기 시작했다. 박사 학위까지 받는 과정에서 얻은 지식과 능력을 바탕으로 기존의 기사와는 다른 기사를 쓰는 기자가 되어보는 것도 괜찮겠다는 생각이 들었다. 또 무엇보다 '기자' 하면 떠오르는 발 빠른 정보력, 그리고 기상과 관련된 여러 분야를 취재하면서 알 수 있는 새로운 내용이 지적 호기심을 충족해줄 수 있을 것도 같았다.

기상전문기자를 지원하기로 마음을 굳힌 뒤 가족, 친구들과 이야기를 나누었더니 뜻밖의 반응이 나왔다. "박사까지 받았는데 이제 와서 연구를 접기는 좀 아깝지 않아?"라고들 할 줄 알았는데, 오히려 새로운 분야에 대한 도전을 지지해주는 반응이 많았다. 칭찬인지는 모르겠지만 내게 기자라는 직업이 어울린다는 말도 들었다. 어쩌면 당시 취업난에 빠진 청년층의 현실도 지원을 추천하는 반응이 나오게 하는데 한몫했을 것이다.

지도 교수님께도 지원하겠다는 뜻을 전했다. 교수님께서는 공부를 이어가도 좋겠지만, 방송사에서 무슨 이유에서인지 학위가 있는 사람을 원하니까 그에 걸맞은 일을 시키지 않을까 생각한다고 하셨다. 대학원생을 통틀어 추천할 만한 사람이 나밖에 없다는

꽤나 으쓱해지는 칭찬을 발판 삼아 나는 기상전문기
자에 지원했다. 그리고 여러 채용 단계를 거친 끝에
2019년 6월, JTBC 기상전문기자로 입사하게 되었다.

2부

국지성 호우주의보

"바보가 아닌 이상
            하다 보면 다 늘어"

2019년 6월, 지원서를 쓰기 전까지만 해도 기자가 되리라고는 전혀 생각해본 적이 없는 내가 기자가 되었다. 그것도 방송 기자.

입사 첫날, 설레는 마음으로 출근할 때부터 여느 회사와 다른 풍경에 당황스러웠다. 첫 직장이라 비교 대상은 없었지만, TV에서 보면 부서 사람들 자리로 가서 인사도 하고 소개도 하던데, 일단 회사에 사람이 없었다. 부서별로 나뉘어 있는 책상들에는 누구 자리라는 표시조차 없었다. 회사에 계신 분들은 '데스크'라 불리는 부장님들과 그 옆에 '보조 데스크'라 불리는 차장님들 그리고 부서별 내근 당번이 전부였다. 기사를 써야 하는 기자들은 다들 출입처에 가거나 현장에 나가거나 취재원을 만나느라 기사를 쓰는 저녁에나 회사로 돌아온다고 했다. 다행히 같은 부서 선배가 내근 중이어서 보도국을 두루 구경시켜 주었는데, 정말 정신이 아득했다. '리포트 제작하는 데 이렇게 많은 곳을 거친다니!', '기자는 기사만 쓰면 되는 거 아니었어?'라는 생각이 머릿속을 채웠다.

방송 리포트를 만들려면 먼저 촬영 기자와 함께 필요한 영상을 찍어야 하고, 기사를 설명하기 위해 중간에 CG가 들어가야 하는 경우에는 CG실로 가서 CG 팀장님과 의논해 제작을 의뢰해야 했다. 거기다 영상과 CG가 다 준비되면 작성한 기사를 읽은 내 오디오를 들고 영상 편집실에 가서 편집자와 영상을 편집해야 했다. 2분 남짓한 영상을 만드는 데 이렇게 많은 인력이 필요하다는 사실을 처음 알았다. 기자를 지원한다는 사람이 방송 리포트가 어떻게 만들어지는지 생각조차 해보지 않은 것에 대해 스스로도 어이가 없었다.

세 층을 돌며 난생처음 보도국 투어를 마치고 자리에 앉아 주변을 둘러보았다. 저녁이 되자 보도국에 점점 사람이 많아졌다. 기사를 쓰고 노트북을 들고 이리저리 바쁜 기자들, 기사 내용을 확인하기 위해 통화하는 기자들, 기사 작성을 끝내고 데스킹을 기다리는 기자들로 보도국이 활기를 띠었다. 그런 광경을 보며, 아니 그 후로도 몇 달 동안은 마치 방송국에 견학 온 것 같은 기분이었다. 이전에 몸담았던 대학원과는 너무나도 상반된 분위기였다.

연구실에서는 주로 혼자 일을 했다. 물론 연구실에도 동료들이 있고 친하게 지내긴 했지만 일은 혼자 했다. 교수님의 지도를 바탕으로 연구부터 논문과 보고서 작성까지 혼자 했었다. 그런데 이제는 방송 리포트 하나를 만드는 데에 데스크, 촬영 기자, 오디오맨, CG 디자이너, 영상 편집자 등 최소한 5명과 함께 일해야 했다. 여기에 취재를 하려면 취재원과 직접 만나거나 전화 통화를 해야 한다. 평소 중국집에 전화하는 것도 불편해서 동생을 시켰던 나로서는 정말 진땀 나는 일이었다. 연구실에 있던 기간에는 만나는 사람의 스펙트럼이 좁았고, 새로운 사람을 만나는 일도 드물었다. 기껏해야 연구실에 들어온 신입생 정도. 그런데 이제는 말 그대로 180도 다른 환경에서 일하게 된 것이다.

업무 호흡도 매우 짧았다. 대학원에서는 일주일에 한 번쯤 교수님과 랩미팅을 하며 연구 과정이나 방향 등을 점검하고 의논하는 시간이 있었다. 그래서 랩미팅 전날이 가장 바쁜 날이었다. 그러나 보도국은 '뉴스', 그러니까 새로운 소식 만드는 곳이다 보니 그날 일은 바로 그날 해치운다. 예를 들어 그날 아침에 어떤 내용의 리포트를 만들지 '발제'를 하면 '발제'한 내용을 당일 뉴스에 내보내는 것이다. 호흡이 조금 더 긴 '기획물'이라는 게 있긴 하지만, 기본적으로는 당일에 정리해서 리포트로 나갔다. 이게 어떻게 가능하냐고 묻자 '기자는 하루살이'라고 답해준 선배의 말이 확 와닿아서 지금까지 기억에 남아 있다.

그중에서도 가장 당황스러운 일은 스튜디오 견학에서 마주했다. 바로 생방송이다. 그때까지 나는 다른 언론사 기상전문기자들이 출연한 모습을 볼 때면 당연히 녹화한 영상을 생방송 뉴스 시간에 내보내는 거라고 생각했다. 왜 그렇게 생각했을까. 중요한 내용이건 엄숙한 내용이건 다들 너무나 안정적으로 사고 없이 전달했기 때문에 당연히 녹화겠거니 생각한 걸까. 뉴스니까 생방송이 당연하고, 더군다나 방송

기자니까 출연할 수 있는 일인데, 생방송으로 내가 출연한다고는 생각하지 못했다.

그래서인지 처음 스튜디오에 들어갔을 때 생방송이라는 긴장감에 압도당했다. 말하는 사람은 있지만 듣는 사람은 없고, 카메라만 말없이 화자를 찍고 있었다. '팩트 체크'와 '비하인드 뉴스' 코너에서는 앵커와 기자가 원고를 토대로 자연스럽게 대화를 주고받기도 했는데, 그런 모습은 잘 짜여진 세련된 연극 무대처럼 느껴지기도 했다. '내가 저렇게 해야 한다고…?' 스튜디오 한쪽에서 선배들을 지켜보며 잔뜩 얼어 있는 나에게 어디선가 손석희 선배가 다가왔다. 손석희 선배는 휴대폰을 보며 여유롭게 앉아 무심하게 말했다. "방송은 바보가 아닌 이상 하다 보면 다 늘어~" 까마득한 후배의 잔뜩 얼은 마음을 풀어주려는 말이었을 것이다. 차마 입 밖에 내진 못했지만 그때 내 머릿속에 떠오른 생각은 '제가 그 바보면 어떡하죠?'였다. 아니나 다를까, 입사 초반에 나는 정말 바보였다.

　　입사 후 첫 2주간은 언론진흥재단에서 제공하는 수습기자 교육을 받았다. 수습 과정을 마치거나 수습 중인 기자들을 대상으로 하는 교육으로, 기본적인 기사 작성과 취재 윤리 등을 배울 수 있었다. 본래는 신문 기자와 방송 기자를 따로 교육한다고 하는데 나는 신문사 수습 기자 교육과 시기와 겹쳐서 신문 기자들과 교육을 받았다.

　　지인 중 기자가 없는 나는 교육 내용을 떠나 신입 기자들에게서 기자라는 직업을 왜, 어떻게 선택하게 되었는지 들을 수 있는 좋은 기회를 얻었다. 같은 기자가 면접관마냥 왜 기자가 되었는지 묻고 다녀서 조금은 의아했을 텐데도 다들 반짝이는 눈으로 답해주었다. 나는 기상전문기자여서 결이 조금 다르긴 하지만, 그들에게서 들은 기본적인 마음가짐이나 기사를 쓰는 이유 등을 떠올리며 나는 어떤 기상전문기자가 되고 싶은지를 조금 더 구체적으로 생각해볼 수 있었다.

교육 기간 동안 아예 회사에 나가지 않은 것은 아니었다. 교육이 일찍 끝난 날에는 종종 회사로 가서 보도국 분위기도 살펴보고, 선배에게 기사 작성 교육을 몇 차례 받기도 했다. 2주간의 교육이 끝나고 다시 회사로 출근했다. 그런데 문제가 생겼다. 그사이 인사이동이 있었던 것이다. 그 바람에 얼굴을 익혔던 부서원들이 뿔뿔이 흩어지고, 교육해주겠다고 한 선배도 다른 부서로 갔다. 그러나 이 당황스러움도 잠시, 곧 실전 상황으로 들어갔다.

JTBC에서는 '발제'로 하루를 시작했다. 아침에 담당 출입처(나는 기상전문기자라서 기상청이 출입처였다)와 관련된 기사를 모니터링한 것과 취재한 내용을 팀장에게 보고하는 단계다. 주로 날씨와 미세먼지를 비롯한 그날의 기상 상황 그리고 기후와 관련된 내용을 보고하면 되었다. 이렇게 발제를 마치면 부장이 그

내용을 보도국 오전 회의에 가져가고, 회의에서 그 내용이 그날 뉴스로 결정되면 리포트로 만들었다.

기자들은 보통 3개월 이상의 수습 기간 동안 발제와 취재를 배우고 익힌 뒤 첫 리포트를 작성함으로써 '입봉'을 하게 된다. '입봉'은 수습이 끝났다고 바로 할 수 있는 것이 아니기 때문에 기자로서 크게 축하받을 일이라고 했다. 그러나 안타깝게도 나는 기상전문기자들이 가장 바쁜 여름에 입사했기 때문에 월요일에 실무를 시작해서 그 주 금요일에 갑자기 리포트를 작성하게 되었다. 지금도 그때 날짜와 내용까지 기억한다. 2019년 7월 5일 금요일, 그해 서울에 첫 폭염 경보가 내려진 날이었다. 바쁜 시기에 입사했지만 '설마 아직 아무것도 모르는 나를 실전에?' 이렇게 안일한 생각에 빠졌던 스스로를 탓하며 눈치껏 일을 시작했다.

먼저 기사에 쓸 내용을 정리하고 사실을 확인하고 예상되는 상황도 취재해야 했다. 그날 기사에 필요한 자료는 기상청 홈페이지에 다 나와 있는 데다 전부 아는 내용이긴 했지만, 기자와 기상청 사이의 소통을 담당하는 대변인실 통보관님께 전화를 걸었다. 기상전문기자가 몇 없어서, 대부분 비전공자인 기자들과 소통하는 통보관분들은 대체로 쉽고 친절하게 잘 설명해주신다. 여담이지만, 내가 처음 대변인실에 전화했을 때 전문 용어를 사용했더니, 바로 말이 통해 그런지 통보관님이 무척 반가워하셨던 기억이 있다.

이렇게 취재가 끝나면 기사를 작성할 차례다. '다 아는 내용이니 비교적 쉽게 쓸 수 있겠지?' 이렇게 생각했는데 정말 큰 오산이었다. 방송 리포트는 보통 1분 30초에서 2분 길이로 만들어진다. 앵커가 리포트를 소개하는 '앵커 멘트'와 기사의 내용이 주어진 시간 안에 다 들어갈 수 있게끔 기사 내용을 14줄 안팎으로 작성해야 한다. 리포트를 처음 작성하는 것치고는 길이를 맞추기가 예상보다 수월했다. '학위 과정 내내 보고서를 작성한 게 도움이 되네?' 하면서 기사를 작성했는데, 그건 아주 큰 착각이었다.

기사를 다 작성하면 부장, 즉 데스크에게 기사를 시스템에 올렸다고 보고한다. 그러면 데스크가 기사 검토 작업(데스킹)을 하고, 데스킹이 완료되면 이제 그 내용이 그날의 리포트로 나가게 된다. 마치 과제

를 제출하고 평가를 기다리는 학생처럼 두근거리는 마음으로 첫 데스킹을 기다렸다. 결과는 참담했다. 사람들이 다 알 거라고 생각한 단어나 내용은 삭제되었고, 너무 쉬워서 들어가지 않아도 괜찮을 거라고 생각한 내용이 들어가 있었다. 리포트는 보고서가 아니며, 리포트를 시청하는 사람은 내 동료나 교수님 같은 전공자가 아니고 비전공자인 시청자들이다. 그리고 그 시청자들은 대부분 지구과학을 접하지 않은 사람들이라는 사실을 신중히 고려하지 않았던 탓이다.

그러나 데스킹의 쓰디쓴 여운에 잠겨 있기에는 리포트를 완성하는 '매핑'(방송될 뉴스 큐시트에 리포트를 붙이는 일. 큐시트에 리포트 파일이 붙어야 방송으로 송출된다)까지 갈 길이 바빴다. 리포트에 들어갈 CG는 CG 디자이너를 배정받아 의뢰하고, 데스킹이 완료된 리포트를 얼른 읽어서 오디오 파일을 만들어야 했다.

모든 것이 처음인 나에게는 리포트 읽는 것마저 난관이었다. '그냥 보고 읽으면 되는 거 아닌가?' 싶지만 읽는 것에도 방법이 있었다. 평소 노래에 취미가 없어 소리 지를 만한 일도, 큰 소리를 낼 만한 일도 없었던 나는 내 목소리가 어떤지 알 길이 없었다.

입사 면접 때 내 목소리가 '먹는 목소리'라는 평가를 들었는데, 목소리가 단단하지 않다는 뜻이라는 것을 나중에야 알았다. 리포트를 매핑해야 할 시간이 다가오자 떨리는 마음이 오디오에 고스란히 반영되었다. 어찌나 기운 없는 목소리던지… 얼른 읽어야 한다는 긴장감에 틀리기는 또 왜 그렇게 틀리는지…. 오디오실에서 울 뻔했는데, 울면 또 목이 메어 안 될 것 같아서 '일단 틀리지만 말고 읽자' 생각만 하고 읽었다.

단계가 지날수록 점차 멘탈에 금이 가는 것을 느끼며 다음 목적지인 영상 편집실로 향했다. 영상 편집자를 배정받고 옆에서 영상을 고르며 편집하는 곳이다. 다행히 이때는 편집자분이 거의 다 해줘서 큰 어려움이 없었다. 영상을 편집하면서 리포트 중간중간에 나가는 자막을 달고, 괜찮은 영상이 들어갔는지, 의뢰한 CG가 적절하게 만들어졌는지 확인했다. 드디어 오디오와 영상, 자막 그리고 CG가 다 합쳐져 하나의 리포트가 되어 '매핑'을 완료했다.

그렇게 정신없이 첫 입봉을 했다. 자리로 돌아오고 얼마 지나지 않아 내 첫 리포트가 방송으로 나오기 시작했다. 뉴스가 이미 시작된 후에도 리포트를

완성시켜 방송에 내보내는 경우가 있다는 것을 그때 처음 알았다. 뉴스란 정말 촌각을 다투는 일이라는 살 떨리는 경험을 한 것이다. 그래도 '방송 사고는 내지 않았다' 생각하며 한숨 돌렸지만, 얼마 지나지 않아 더 큰 난관에 부딪혔다.

태풍 다나스의

의미

입사하고 얼마 뒤에 조직 개편과 인사이동이 있었다. 나는 정책부로 발령이 났다. 당시 정책 부서에는 노동·복지를 담당하는 복지노동팀과 교육·환경·기상을 담당하는 교육환경기상팀이 있었다. 기상전문기자인 나는 교육환경기상팀에서 일하게 되었다.

주말에는 팀원들이 돌아가며 당번을 섰다. 실무를 시작한 지 2주 정도 지났을까, 복지노동팀 선배 한 분과 함께 당번을 서게 되었다. 그날 날씨 관련 아이템이 큐시트에 잡혔는데, 하필이면 뉴스 형식이 리포트가 아닌 생방송 출연이었다. 당연히 선배가 출연하겠거니 생각했는데, 날씨 관련 뉴스여서 내가 출연하게 됐다. 첫 방송 출연을 이렇게 갑자기 하게 되다니,

그것도 생방송으로!

물론 내가 속한 팀 선배들과 스튜디오에서 출연 리허설을 두 번 정도 해보긴 했다. 그땐 몰랐지만, 여느 기자들보다 출연이 잦을 수 있는 기상전문기자는 스튜디오에 하루빨리 익숙해져야 할 의무가 있기 때문이었다. 하지만 그때 리허설은 특별한 피드백을 받거나 교육받는 수준은 아니었다. 선임기자 두 명이 한 번씩 질문하는 상대방 역할을 해줬는데, 시선 처리나 발성, 원고는 어땠는지 등등의 피드백은 받지 않았다. 그래도 스튜디오를 처음 봤을 때 느낀 신기함이 덜해진 것을 보면 효과가 있었던 듯하다.

문제는 리허설은 생방송이 아니지만, 뉴스는 생방송이라는 점이었다. 생방송 출연이 결정된 오후부터 이미 내 속은 울렁이고 있었다. '방송 사고 나면 어떡하지?', '못하겠다고 하면 직무 태만이겠지?', '사고 나면 유튜브에 박제되는 거잖아?!(솔직히 말하면 입사 이후로 줄곧 이 걱정이 제일 컸다)' 온갖 걱정을 하면서 원고를 작성하고 CG를 준비했다. 첫 방송 출연이라 같이 출근한 선배가 정말 많이 도와주셨지만, 떨리는 속을 진정시키는 건 어쩔 수 없는 내 몫이었다.

얼른 끝내야겠다는 마음으로 정신없이 생방송을 마쳤다. 내려와서 방송을 다시 보니 역시나 얼굴에는 '나 완전 긴장함. 입사한 지 얼마 안 됐음'이라고 쓰여 있었고, 무조건 원고대로 해야 한다는 생각에 덜덜 떠는 손으로 원고지를 붙들고는 그러잖아도 말이 빠른 내가 몹시 빠르게 원고를 읽는 모습이 담겨 있었다. 학회 발표나 논문 심사 때도 떨지 않아서 강심장이라는 말을 들어온 나는 퇴근하고 집에 와서 생각했다. '방송 진짜 못하겠다. 하다 보면 잘하게 되긴 하는 걸까?'

어쨌든 한 고비는 넘겼다고 생각했다. 그러나 그다음 주에 더 당혹스러운 소식이 들려왔다. 그 일주일은 지금껏 곱씹을 때마다 가슴 떨리는 최강 흑역사가 생성된 주였다. 월요일부터 충격적인 소식을 들었는데, 나는 이미 방송에 출연했기 때문에 더는 리허설을 받을 수 없다는 거였다. '어제 제 방송을 보셨다면 리허설이 절실히 필요해 보이지 않았나요?'라고 당장 반문하고 싶었지만, 규칙이 그러하다니 어쩔 수가 없었다. 설상가상으로 이튿날인 화요일에는 2019년 제5호 태풍 '다나스'가 발생했다. 그런데 하필 이때

한국과 미국, 일본 기상청의 태풍 예상 경로가 제각각 달랐다. 그리고 수요일, 나는 또 생방송을 하게 되었다. 주말이 아닌 평일의 정식 첫 생방송이었다.

수요일 오전, 또다시 울렁거리는 마음을 붙잡고 출연 원고를 작성하고 있었다. 원고를 쓰면서 '주말에 내가 생방송으로 출연한 걸 다들 안 본 게 분명해'라는 생각이 머릿속을 떠나지 않았다. 오후 6시쯤 되었을까, 앵커인 손석희 선배한테서 갑자기 전화가 왔다. 선배는 지금 태풍 예상 경로가 한·미·일 기상청이 저마다 다른데 내 생각은 어떤지 물었다.

사실 그때 기상청이 예상한 경로와 내가 예상한 경로가 다르긴 했다. 기상청은 다나스가 제주도 북쪽을 지나 대마도와 부산 사이로 빠져나갈 것으로 예상했지만, 나는 제주도 왼쪽을 지나 전남 쪽에 상륙할 것으로 보고 있었다. 당시 태풍 다나스의 경로에는 북태평양 고기압 가장자리가 큰 영향을 주고 있어서 내가 보기엔 대마도와 부산 사이보다는 제주도 서쪽으로 올라와 전남 쪽을 향할 듯했다.

나는 전남 쪽으로 상륙할 것 같다는 내 생각과 그렇게 생각하는 이유를 말했다. 그러자 손석희 선배는 이따 이 질문을 할 거라며 전화를 끊으셨다. 순간 머릿속이 엄청나게 복잡해졌다. 왜냐하면 지금 내가 말한 내용은 태풍 예상 경로나 마찬가진데, 태풍 경로는 기상법에 따라 기상청만 예보할 수 있기 때문이다. 오만가지 생각이 꼬리에 꼬리를 물고 이어졌다. '내 분석이 틀리면? 그럼 난 전국적으로 망신당하는 거 아닐까', 'JTBC는 분석도 제대로 못하는 기자를 뽑았다고 회사까지 망신 당하는 거 아닐까', '1년 계약직으로 입사했는데 한 달 만에 짤리는 건가', '기상법 어겼다고 기상청이 JTBC에 소송하면 어떡하지?', '입사한 지 한 달도 안 됐는데 회사가 소송당하게 만들면 안 되는데…'.

온갖 혼란스러운 생각 끝에 부서에 도움을 구했다. 보도국은 보고 체계가 확실해야 하는 곳이기 때문에, 손 선배와의 통화 내용을 보고할 겸 기상법에 위반될 소지가 있다고 부장께 말씀드렸다. 돌아온 답변은 "알아서 잘 돌려서 답하면 돼"였다. '그렇구나, 꼭 답을 해야 하는 건 아니구나!' 이렇게 순진하게 생각하고, 이런 내용이 손 선배께도 전달됐으리라 안심하며 스튜디오로 들어갔다.

분명 사흘 전에 생방송을 해봤는데도 생방송 시간이 다가올수록 가슴이 답답해졌다. 카메라 너머에 사람들이 있다고 생각하니 심장이 터질 듯했고, 준비해 온 원고대로 하지 않으면 안 된다는 강박감과 내 모습이 실시간으로 기록되고 온라인상에 박제된다는 압박감에 숨이 턱턱 막혀왔다. 내가 쓴 원고인데도 어찌나 머리에 들어오질 않던지…. 방송을 잘하는 사람들은 스튜디오가 주는 간지러운 긴장감을 즐긴다는데, 나는 그러지 못하고 긴장감에 압도당한 것이다.

그렇게 '바보'가 된 3주 차, 방송 출연 1회 기자는 정말 '바보'처럼 돌려서 대답했다. 분석이 아니라, 미국과 일본 기상청의 예상보다 우리나라에 피해가 적다는 한국 기상청의 예상 경로대로 태풍이 이동하면 좋겠다는 바람을 말해버린 것이다. 그 결과, 방송 중 손석희 선배 입에서 "만족할 만한 대답이 아니긴 하지만"이라는 말이 나왔다. 내 답변이 방송 사고나 마찬가지라는 의미였다.

그날 방송이 끝나고 엄청 혼났다. 혼나면서도 나는 내가 혼나야 하는 이유를 그때는 솔직히 몰랐다. '체계에 맞춰 보고했고 알아서 잘 돌려 말했는데 왜 혼이 난 걸까?' 그때는 그 답변이 최선이었다고 여겼지만, 방송을 잘못한 것은 팩트였기 때문에 변명의 여지가 없었다. 그렇지만 계속 방송을 하면서, 다른 기자들이 출연한 방송을 보면서, 그때 내 대답이 부적절했다는 걸 비로소 깨닫게 되었다.

돌이켜보면 그때 나는 기상청을 대기과학과 대학원생 때처럼 '슈퍼 갑'으로 바라본 데다가, 내 '분석'이라는 점을 밝히면 예보가 아니기 때문에 기상법에 어긋나지 않는다는 사실을 몰라서 그렇게 대답할 수밖에 없었다. 쉽게 말하면 노련한 방송인이 아니라 초짜 사회인의 모습 그대로 나간 것이다. 관록 있는 앵커마저 대처하기 곤란한 답변을 하는 사람으로 만들어버린….

대형 사고를 친 다음 날, 다나스는 계속 북상해오고 있었다. 사고를 쳤지만 기상전문기자이기 때문에 나는 또다시 출연하게 되었다. 이번엔 손 선배가 방송 직전에 리허설까지 해주었다. 원고를 재빨리 작성하고 리허설을 했는데… 전날보다 더 못했다. 내가 원고를 보고 읽는 것조차 이렇게 못하는 사람이었나 하는 자괴감에 울고 싶을 만큼 정말 못했다. 나중에

알고 보니, 손 선배가 방송 전에 미리 질문을 알려주는 경우는 거의 없었다고 한다. 특히 방송 전에 리허설을 해준 적은 단 한 번도 없었다고 한다. 이렇게 이례적인 배려가 진심으로 감사했지만, 출연할수록 나는 방송이 어렵기만 했다.

'그런 배려까지 받았는데도 제대로 못한 나야말로 선배가 말한 바로 그 바보로구나!'

제5호 태풍 다나스 뉴스를 엉망진창으로 마치고 난 뒤에야 눈에 들어온 문장이 있었다. 기상청 태풍 통보문 맨 아래에 적힌 글귀로, 당시의 나를 약 올리는 것 같아서 아직도 잊을 수가 없다.

'제5호 태풍 다나스DANAS는 필리핀에서 제출한 이름으로 경험을 의미함.'

망할 다나스! 진짜 지독한 경험이었다.

'기자'로 한 발짝 가까이,
'마와리'를 돌다

태풍 다나스 이후 그해 여름 우리나라에는 태풍 '프란시스코', '레끼마', '크로사'가 영향을 끼쳤다. 8월 중순의 크로사를 마지막으로 여름 태풍은 잠잠해졌다. 태풍 시즌이 끝났다고 생각해서일까, 8월 21일부터 기동팀으로 파견근무를 하게 됐다. 기자 교육을 받아야 한다는 것이었다. 전문가를 뽑긴 했지만 어쨌든 '기자'로는 신입이기 때문에 기자 일을 배우려면 기본적으로 기자 교육을 받아야 했다.

기동팀은 보통 수습기자들이 기자 생활을 시작하면서 거치는 부서로, 경찰서를 돌며 사건·사고 취재를 담당한다. 대부분의 기자들은 수습 때 이 부서에 소속돼 경찰서와 지구대, 파출소를 돌며 취재하면서

기자의 기본을 배운다. 이것을 일명 '마와리'라고 한다. 예전에 주 52시간 노동 규정이 없던 시절, 정말 고되게 일할 때는 경찰서 기자실에서 밤을 새우며 기삿거리를 찾기도 하고, 정해진 시간마다 지난 일부터 새롭게 취재한 내용이며, 뭘 하고 있는지를 선임기자에게 일일이 보고했다고 한다.

기동팀은 수도권 지역의 사건·사고를 담당했으며, 수도권 내의 경찰서와 지구대·파출소·검찰·법원이 출입처였다. 효율적인 출입과 취재를 위해 지역별로 라인을 나누어 조별로 구성했다. 예를 들면 영등포 라인, 강남 라인, 종로 라인 등으로 나누어 영등포 라인은 인천과 영등포 지역의 사건·사고를 담당하게 하는 것이다. 각각의 라인에 속하면 아침에 해당 지역 출입처로 출근한다. 그래야 그 지역에서 사건·사고가 났을 때 현장까지 신속히 갈 수 있기 때문이다.

각 라인별로 연차가 가장 높은 사람이 1진, 그 위에 '바이스', 그 위에는 '캡' 그리고 기동팀장으로 체계가 정해져 있다. 신입 공채가 아니고 중간에 경력 채용으로 입사한 나는 위치가 좀 애매했다. 학위를 기수로 인정받아 당시 5년 차인 1진과 동기였기 때문이다. 그렇지만 아는 게 없으니 말진 역할을 맡되, 수습기자들처럼 힘들게 마와리는 돌지 않았다.

　내가 파견됐던 기동팀은 매우 생기가 넘쳤다. 나는 영등포구 경찰서와 강서구 경찰서, 인천광역시 경찰서, 남부 지법과 지검의 사건·사고를 담당하는 영등포 라인에 배정받았다. 영등포 라인은 총 4명이 담당했는데, 사건·사고가 워낙 많아서 정말 바쁜 라인이었다. '마와리' 외에 언론 쪽에서 쓰는 은어 중에는 '총 맞았다'라는 표현도 있다. 이 말은 자신이 발제하지 않은 기사를 맡아 쓰게 됐다는 의미다.

　드디어 교육을 받는다는 생각에 걱정 반, 기대 반으로 기동팀 첫 근무를 시작했다. 그리고 정말 많은 것을 배웠다. 기동팀에서 첫 기사는 파견된 바로 그날 쓰게 되었다. 50대 남성이 소송에서 진 뒤 억울한 마음에 광화문 세종대왕상 아래에 화염병을 던진 사건이었다. 우물쭈물할 새도 없이 지시가 내려왔다. 촬영 기자와 함께 광화문 세종대왕상에 가서 주변 환경을 영상으로 담는 '스케치'를 하고, 어디로 어떻게 던졌는지 보여주며 '스탠드 업' 영상을 찍어오라는 것이었다. '스탠드 업'은 기사에 들어갈 내용을 현장

에서 기자가 움직이거나 서서 직접 말하는 모습을 찍는 것이다(KBS에서는 '온 마이크'라고 한다).

그때 나는 내가 카메라 울렁증이 있는 게 아닐까 생각하게 됐다. 아니, 카메라 울렁증이 있는 사람이라는 사실을 깨달았다. 생방송이 아닌데도 외운 문장을 카메라를 보면서 말하는 게 여간 어려운 일이 아니었다. 난 기억력이 나쁘지 않고 오히려 좋은 편이라고 여겼는데, 이상하게 카메라 앞에만 서면 얼어붙었다. 평소에 셀카나 사진이라도 많이 찍어볼걸, 카메라 볼 일 없이 살아온 나는 고작 두 문장 정도 말하며 움직이는 걸 수차례 NG를 낸 뒤에야 간신히 로봇 같은 스탠드 업을 찍어냈다.

회사로 돌아가기 전에는 운 좋게도 화염병을 던진 남성이 조사를 받고 현장에 나타나 인터뷰도 했다. 그동안 날씨 리포트를 제작할 때와는 차원이 다른 다양한 영상을 담을 수 있었다. 이렇게 해서 파견 첫날 내가 기동팀에서 취재한 첫 리포트가 방송됐다. 기본적인 용어와 방법을 터득하자 비로소 일을 하는 것 같았고, 잘해보고 싶은 마음이 생겼다.

그 뒤로 사건·사고 현장에 나가고 리포트를 제작

하면서 내 안의 새로운 면을 발견하게 되었다. 앞서 말했듯이 나는 중국집에 전화하는 것조차 꺼릴 정도로 모르는 사람과 통화하기 싫어했다. 또 길을 가다가 모르는 사람과 이야기할 일도 없지만 절대 말을 걸지도 않는 내향적인 성격이라고 생각했다. 그러던 내가 리포트를 제작하려면 사건을 가장 잘 보여줄 수 있는 CCTV 영상을 얻기 위해 관리 사무소에 들어가 사정을 설명하고 부탁을 하거나, 목격자를 찾기 위해 주변을 지나가는 사람들을 붙들고 말을 걸어야 했다. CCTV 영상을 구하기 어려울 때는 주변에 주차된 차의 블랙박스 영상이라도 얻고자 차에 붙여놓은 전화번호를 보고 전화를 걸기도 했다. 그렇게 약 두 달 동안 태풍이 세 개나 더 왔지만 '기상전문'을 떼고, "이번 태풍은 어떤가요?" 대신 "CCTV 좀 볼 수 있을까요?"라는 질문을 하고 다녔다.

그러나 정말 쉽지가 않았다. 어느 국회의원의 딸 채용 청탁과 관련한 공판에 참석할 때는 재판 상황이 어떻게 흘러가는지, 변호사와 검사가 어떤 말을 하는지, 발언을 받아 적는 이른바 '워딩'을 쳐서 실시간으로 보고해야 했다. 뉴스 방영 전에 결과가 나

오는 공판은 그 결과를 리포트에 담아야 했기 때문이다. 타자 치는 속도가 빠른 편이라 다행이었지만, 말을 글로 받아 옮기는 동시에 내용을 이해하고 어느 부분이 중요한지 파악하며 보고하기가 쉽지 않았다. 또 전혀 모르는 분야인 법과 관련한 기사를 쓸 때는 바로 그날 기사를 써야 해서 난감했다. 이과 출신이라 그런지 머릿속에 공식은 잘 들어가도 판결문은 '검은색은 글씨, 흰색은 종이' 그 자체였다. 그럴 때는 선배 기자가 데스킹에서 많은 부분을 수정, 보완해줘서 데스킹 전과 후를 비교해가며 이해하기도 했다.

그 밖에도 두 달이라는 짧은 기간 동안 다양한 경험을 했다. 아프리카 돼지 열병이 발생해 파주 농가로 달려갔고, 태풍 링링이 서해상을 지날 때는 현장 중계를 나갔다. 국정 감사 기간에는 교육부 국정 감사에도 가고, 막바지에는 광화문과 서초동에서 열린 대규모 정치 집회 현장까지 다녀왔다. 어찌 보면 마와리 겉핥기고 위치도 애매한 내가 불편하고 답답했을 법도 한데, 기동팀 선후배와 동기들은 부족한 나를 잘 다독여주며 이것저것 친절하게 알려주었다. 기동팀을 거치면서 이제야 좀 쓸 만한 사람이 된 것 같아 기동팀에 한 달이라도 더 있고 싶었지만, 원 부서 사정상 11월부터는 본래 팀으로 복귀하게 되었다.

짧지만 알차게 배운 두 달간의 값진 경험은 그 뒤에 기상전문'기자'로 일할 때 큰 도움이 되었다. 전문가와 기자 사이에서 어찌 보면 전문가 쪽에 치우쳐 있던 나를 조금 더 기자 쪽으로 끌어당겨 준 경험이었다. 다시 기상청에 출입하러 방문했을 때, 오랜만에 만난 통보관님이 눈빛이 달라졌다고 표현하기도 하셨으니 말이다.

이제 마와리나 사건·사고 취재는 안 할 줄 알았지만, 2년 뒤 KBS로 이직하면서 다시 마와리를 돌게 됐다. 이때는 정말로 신입처럼 '찐'마와리를 돌았다. KBS 마와리 때는 강남 라인에 배정돼 강남 경찰서, 서초 경찰서, 강동 경찰서, 송파 경찰서, 수서 경찰서를 출입하면서 소속 지구대와 파출소를 돌았다. JTBC에 근무할 때는 경찰서만 몇 번 갔을 뿐이어서, 지구대와 파출소가 그렇게 동네 곳곳에 있는지를 그때 처음 알았다. 놀러 다닐 때는 보이지 않던 곳들이 그제야 보이기 시작했다.

KBS에서는 '찐 마와리'였기 때문에 어떤 사건·사고가 발생했는지 정해진 시간마다 보고해야 했다. 보고 시간이 되면 길바닥이든 경찰서 로비든 상관없이 멈춰서 업데이트된 내용을 정리했다. 주 52시간 노동이 정착되어 환경이 비교적 나아졌지만, 코로나 시기였던 까닭에 또 다른 어려움이 있었다. 이렇게 말하면 뭣하지만, 밤 9시 이후에는 돌아다니는 사람이 거의 없으니 사건·사고가 많지 않았고, 경찰서 과장님들을 만나야 하는데 그분들은 코로나를 핑계 삼아 합법적(?)으로 면담을 거절하기도 했다. 아직 알아낸 게 없는데 보고 시간은 어쩌면 그렇게 빨리 다가오는지. 겨울이라 휴대폰과 노트북 배터리는 금세 떨어져가고, 타자 치는 손을 녹이려면 핫팩은 필수였다.

그나마 다행인 건 택시를 타고 다닐 수 있었다는 점이다. 나름 마와리 2회 차였지만 사건·사고를 열심히, 간절히 얻고자 했던 나는 택시기사분들에게 명함을 주며 도로에서 사고를 목격하면 연락 좀 달라고 부탁했다. 그런데 정말 몇 분이 밤에 사고를 목격하고 연락을 해주셔서 기사를 쓰기도 했다. 또 해마다 수습기자들을 대해온 경찰서 과장님과 지구대장, 파출소장님 몇 분들이 안쓰럽게 여기며 먹을거리를 잘 챙겨주신 덕분에 별 탈 없이 마와리를 돌았던 기억이 남아 있다. 물론 사건·사고는 잘 알려주시지 않았지만.

마와리 과정을 거치는 동안 KBS에서 처음으로 리포트를 제작해 입봉했다. JTBC에서 경험해보긴 했지만 차원이 또 달랐다. CCTV 영상도 따야 하고, 인근 주민도 인터뷰해야 하고, 때로는 고용노동부 등에 확인해야 할 내용도 있었다. 그런데 가끔 담당자와 연락이 잘 안 되는데 리포트는 7시 뉴스부터 들어가야 하고…! 오디오 부스에서 리포트를 읽으며 심장이 튀어나올 것 같은 기분을 느낀 적이 한두 번이 아니었다.

여차저차 입봉 리포트를 마무리한 뒤, 처음으로 다른 지역으로 파견을 갔다. 같이 간 선배를 보조하는 역할이 대부분이었지만, 선배가 배려해준 덕분에 MNG(현장 연결) 입봉까지 하고 왔다. 물론 이때도 너무 긴장한 나머지 말을 와다다다 했던 기억이 생생하다.

JTBC에 근무할 때도, KBS로 이직해서도, 기상전

문기자를 마와리 돌리는 회사가 너무한 거 아니냐는 말을 자주 들었다. 그렇지만 나는 마와리가 기자로서의 나를 일깨우는 새로운 경험이자 자극이었으며, 기자라면 꼭 해봐야 할 소중한 경험이라고 생각한다.

"너는 시청자가

　　뭐를 제일

　　　　궁금해할 것 같냐?"

　　입사 후 지금까지 줄곧 내가 가장 신경 쓰는 부분이 있다. 모든 기자가 그렇겠지만 내가 유독 신경 쓰는 점은 바로 '시청자가 무엇을 가장 궁금해할 것인가'이다.

　　2019년 제8호 태풍 프란시스코가 우리나라로 북상하고 있을 때였다. 이때는 내가 현업을 시작한 지한 달쯤 지났을 시기다. 태풍이 우리나라에 상륙할것으로 예상된 며칠 전, 나는 태풍 프란시스코의 전망과 분석에 대해서 녹화 PT를 하게 되었다. 녹화 PT는 출연과 마찬가지로 기자가 나와 설명하는 형식이지만, 앵커와 대화하는 것이 아니라 기자 혼자 설명하는 형식이다. 사전 녹화이기 때문에 담당 PD님과

함께 미리 CG를 논의하고 녹화를 진행했다.

녹화한 영상을 뉴스 시작 전에 편집하느라 편집실에 있을 때 전화가 왔다. 손석희 선배의 전화였다. 내가 또 무슨 잘못을 했나 불안감이 엄습했다. 이때 대화 내용은 자세히 기억나지 않지만 가장 마음에 남은 말이 "너는 시청자가 뭐를 제일 궁금해할 것 같냐?"였다. 녹화 PT 내용을 보고 피드백을 주신 것이다. 머리를 한 방 맞은 기분이었다. 같이 진행한 PD님도 있고, 같은 팀 선배도 보고 넘어간 원고여서 별문제가 없으리라고 생각했기 때문이다.

나중에 그 원고와 CG를 다시 보고 손 선배의 말을 이해했다. 시청자들에게 필요한 정보가 빠진 PT였다. 태풍 프란시스코가 우리나라에 상륙할 것이라는 것과 왜 그렇게 예상되는지 전달했지만, 가장 중요하고 시청자가 가장 궁금해할 만한 날짜와 시간 정보가 없었다. 프란시스코가 언제, 어디로 상륙하며 위력은 어느 정도인지를 빠뜨린 것이다. 이날 나는 녹화인데도 몹시 어색하게 방송을 했다는 사실보다 이런 중요한 점을 놓쳤다는 사실이 더 부끄러웠다.

그날 이후 리포트를 제작하거나 출연, PT를 할 때

면 나는 제일 먼저 시청자의 위치에서 생각하려고 애쓴다. 나는 전공자이기 때문에 이런 함정에 빠지기가 더 쉬웠다. 나는 대학생 때부터 박사 과정을 마칠 때까지 약 13년을 대기과학과에 몸담아, 친하게 지내는 주변 사람들도 대부분 대기과학과 사람들이었다. 그러니 전공 단어를 사용할 때 굳이 설명할 필요가 없는 환경이었던 것이다.

그 뒤에 '날씨박사'라는 코너를 맡으면서 이 점을 더 중점적으로 고민하게 되었다. 날씨에 관련된 모든 것을 시청자가 이해하기 쉽게 설명하고, 또 시청자가 평소 궁금해할 만한 점을 설명해야 했기 때문이다. 시청자 입장에서 생각하기 위해 날씨나 기후 변화 등을 다룬 다른 기사라든가 유튜브 영상에 달린 댓글을 모니터링했다. 그 덕분에 시청자들이 날씨나 기후 현상에 대해 어떻게 생각하며, 그 기사나 영상에서 추가로 궁금해하는 점은 무엇인지 알 수 있었다.

'날씨박사' 코너를 진행할 때는 PD님과 작가님의 도움을 많이 받았다. 두 분 모두 대기과학 비전공자로, 시청자의 시각에서 보면 어떨지 같이 고민해주었다. 그래서 나온 코너 속의 코너 하나가, 시청자의 질

문을 받아 대답해주는 것이었다. 시청자들의 질문은 예상보다 다양했다. 내가 생각지 못한 질문도 있었고, 깊이 있는 질문이 들어와서 놀라기도 했다. 대부분은 특이한 구름 형태를 보고 신기해하는 제보였다. 몇몇 구름은 그렇게 특이한 형태가 아닌데도 제보하는 것을 보며 사람들이 이렇게 가끔 하늘을 올려다보는 여유를 누리면 좋겠다는 생각을 하기도 했다.

사람들이 궁금해하는 아이템을 다루기 위해 당일 회의에서 PD님과 작가님의 아이디어에 따라 아이템을 바꾼 적이 몇 차례 있었다. 나는 당연하게 여기는 점을 PD님과 작가님은 궁금해했는데, 그렇다면 시청자들도 궁금해할 가능성이 크기 때문이다.

그중에서 지금까지 기억나는 아이템은 미세먼지가 많을 때 하늘이 맑다는 것이다. 황사 때문에 미세먼지 농도가 나쁜 날이었는데, 출근길 하늘이 맑아서 전혀 그렇게 느끼지 못했다는 PD님의 말을 듣고 설명하다가 아이템을 바꾸게 되었다. 사람들이 과연 궁금해할지 긴가민가하면서 방송을 했는데, 방송 후로 관련 기사가 많이 나왔다. 기사가 많이 나왔다는 것은 사람들이 궁금해하는 주제가 맞다는 것을 보여주기 때문에 매우 뿌듯했다.

시청자 입장에서 생각하기를 실천하면서 내가 공부를 하고 배운 적도 있었다. 한번은 다음 날까지 미세먼지가 심해서 미세먼지와 관련된 아이템을 정해야 했다. 방송이 끝나고 작가님과 함께 남아 아이템을 찾는데, 괜찮은 아이템을 찾지 위해 퇴근도 못한 채 헤매고 있었다. 그러다 문득, 미세먼지 기사 댓글에 비라도 오면 좋겠다는 댓글이 많이 달렸던 게 떠올랐다. 하지만 비가 와도 생각보다 미세먼지 농도는 낮아지지 않는데, 그렇다면 그 이유를 시청자들이 궁금해하지 않을까 하는 생각이 들었다. 작가님에게 이야기하니 반응이 좋았다.

그리하여 미세먼지와 비의 세기의 관계를 아이템으로 구성했다. 찾아보니 시간당 5mm 이상은 내려야 미세먼지가 씻긴다는 연구 결과가 있다는 것을 나도 그제야 알았다. 또한 초미세먼지와 미세먼지를 씻기는 비의 강도가 다르다는 사실도 배울 수 있었다. 그러나 여기에서 멈추면 안 된다. 시청자 입장에서 생각하니 시간당 5mm가 과연 얼마만큼 강하게 내리는 비인지를 설명해야 하는 것이다. 간신히 비의 강도별 영상을 찾아 추가했다. 그날 방송은 내부 피드백 때, 처음부터 끝까지 시청자 위주로 구성한 아이템이라는 긍정적인 평가를 받았다.

시청자 눈높이에서 생각하는 것은 당연한 일이다. 그런데 나는 전공자 위치에서만 생각하던 사람이라 더 어렵게 느껴졌다. 그래서 그만큼 더 노력하고 공부를 해야 했다. 그렇게 노력한 덕분에 이제는 '여름엔 더운 게 당연하고, 겨울엔 추운 게 당연하지', '이런 날씨는 작년에도 있었어. 별로 특이한 게 아니야'라고 생각하며 넘어가다가도 '왜 작년에도 이런 날씨가 있었지?' 다시 생각해보는 습관을 기를 수 있었다.

　　박사 학위를 가지고 기상전문기자가 되어 좋은 점도 있지만, 오히려 어려울 때가 많다.

　　기자가 된 지 얼마 안 됐을때, 정말 어려운 문제가 바로 '공감'이었다. 앞에서도 말했듯이 사람들이 궁금해하는 점을 파악하기가 쉽지 않았다. 나에게는 '원래' 그런 현상들이, 원래 그럴더라도 알려줘야 하는 '기삿거리'였다. 그래서 해결책으로 삼은 것이 바로 다른 언론사에서 작성한 기상 기사 모니터링, 기사의 댓글과 유튜브 영상의 댓글을 확인하는 일이었다.

　　그러나 학위 과정을 밟으면서 얻은 습관 때문인지 원래 성격 때문인지, 발제할 아이템을 찾다가 어

느 순간 의도치 않게 계속 파고들며 연구(?)하게 될 때가 많다. 물론 정확할수록 더 좋긴 하지만, 꼬리에 꼬리를 무는 질문의 정답을 찾았을 때는 기사가 나가기엔 이미 때가 늦었다는 게 문제다. 만족할 만큼 확실한 답을 얻지 못하면 나아가지 못하는 성격 탓에 시의성을 놓치거나 아이템이 산으로 갈 때가 종종 있었다. 내가 이상한 곳에서 헤매고 있을 때, 또는 '조금만 더'를 외치며 깊이 들여다보고 있을 때, 다른 언론사에서는 내가 찾은 내용의 절반 정도만 갖고도 아주 좋은 기사를 낼 때가 있다. 이렇게 되면 알면서도 당하는, 언론사 표현으로 '물을 먹는 꼴'이다.

아니나 다를까, 한번은 아이템을 어떻게 정리해야 할지 끙끙대고 있을 때였다. 친한 지인이 고민을 듣더니 "넌 기자인데 왜 아직도 연구를 하고 있냐? 아직도 박사 물이 안 빠졌네"라고 말해서 새삼 깨달은 적이 있다. 나는 기자이기 때문에 모르는 점은 해당 분야 전문가에게 물어볼 수 있고, 그 전문가도 대답하지 못하는 것은 나도 모를 수밖에 없는데, 나는 그걸 알아내겠다고 끙끙대고 있었던 것이다.

이제는 선배들의 조언과 그동안의 경험을 바탕으

로 나 스스로 멈춰 세우는 편이다. 예를 들어 80% 정도만 찾아도 기사를 쓸 수 있으며, 나머지 20%는 후속 기사로도 쓸 수 있다는 생각을 한다. '나는 연구하는 게 아니야', '논문 쓸 거 아니잖아'라고 연구실에 있을 때와 정반대 생각을 하면서 기삿거리를 '적당한 선'에서 정리한다.

'적당히'도 어렵지만, 더 어려운 것은 발굴해낸 아이템으로 기사를 작성하는 일이다. 기사 작성은 글쓰기 영역이고 박사 학위가 있는 것과는 별개이지만, 내가 느끼는 글쓰기의 압박감은 '정확성'이다. 글을 간결하고 이해하기 쉽게 쓰는 것도 물론 매우 어렵다. 그런데 나는 전문기자이고, 박사 학위가 있기 때문에 '다른 사람들보다는 정확해야 한다'는 강박 아닌 강박이 내게는 더 힘들었다. 모든 기사가 사실을 토대로 작성되긴 하지만, 과학의 영역인 기상학은 해석하는 사람에 따라 다른 내용으로 쓰일 수 있기 때문이다.

지인의 말마따나 '박사 물'이 빠지기 전인 초반에는 정말 사소한 것조차 그냥 넘기지 못했다. 간단한 예를 들면, '올여름 기온이 평년보다 높을 확률이

40%, 평년과 비슷한 확률이 40%, 평년보다 낮을 확률이 20%'라는 사실에 대해 기사를 작성할 때, 처음에 나는 '올여름이 평년보다 더울 확률은 40%'라고 썼다. 그러나 대부분의 기사에는 '올여름은 평년보다 덥다'라고 나간다. 하필이면 앙상블이라는 확률 예보 분야를 전공한 나는 답답할 노릇이었다. 그러나 리포트를 잘 쓰기 위해서는 이러한 '기사적 허용'을 받아들여야만 했다. 방송 리포트 시간은 정해져 있는 데다 문장이 길어선 안 되기 때문에, 리포트 문장으로는 뒤의 문장이 더 나을 수 있기 때문이다. 그리고 그리 틀린 말도 아니지 않은가?!

그럼에도 정확함에 집착하는 또 다른 이유는, 기상학을 전공하고 학위를 딴 친구들과 선후배 그리고 교수님들이 내 기사를 볼 거라는 생각 때문이다. 물론 대중도 내 기사를 본다. 대중에게도 정확한 사실을 전달해야 하는 건 당연하다. 그렇지만 가까운 주변 사람들이, 그것도 내용을 더 잘 아는 사람들이 기사를 본다면 왠지 내가 평가를 받는 듯한 느낌이랄까? 만약 내 후배가 (그럴 리는 없지만⋯) "세현 선배, 기사에 왜 그렇게 쓰셨어요?"라고 한다든지, (절대 이럴 리는 없지만) 교수님이 "김 박사, 기사에서 현상에 대한 원인 설명이 좀…"이라고 말하는 것은 상상만 해도 엄청 심한 악플을 보는 느낌이 든다.

아무튼 나도 내가 박사여서 되레 한계가 있고 답답한 구석이 있다는 것은 잘 안다. 그런데 이런 내 마음을 아는지 모르는지, 기사를 작성할 때 가끔, 아니 자주 듣는 소리가 있다. "너는 박사여서 그래"라는 말. 초창기보다는 많이 나아졌지만, 정확하고 명확한 표현을 고집할 때가 있다. 그런데 기사가 나가고 보면 그게 쓸데없는 고집이었던 적이 꽤 있다.

그러나 몇몇 경우는 과학적인 내용이기 때문에 한 끗 차이로 문장의 뉘앙스가 달라지는데, 그게 쓸데없는 고집으로 받아들여질 때는 너무나 답답하다. 이를테면 'A 때문입니다'와 'A의 영향이 큽니다'는 매우 다른 표현인데, 이걸 혼용해서 쓰는 경우다. 이뿐만이 아니다. A에서 B로, B에서 C로 설명해야 할 경우, 원고 길이를 고려해 A에서 C로 가는 건 받아들일 수 있지만 A에서 D라는 방향으로 가게 되면 얘기가 달라진다. 이럴 때도 "박사여서 그래"라는 말을 들으면 허탈해진다.

그래서 분석적인 내용에 관한 리포트를 쓸 때는 종종 아예 기사 초고에 A, B, C를 일부러 다 쓰기도 한다. 리포트 길이에 제한이 있기 때문에, 이런 경우에는 수식어가 없는 건조한 문장이 나열돼 글의 재미나 부드러움은 없어진다. 좋지 못한 방법이긴 하지만 재미 없는 원고로 데스킹을 받는 편이 "박사여서 원고가 어렵다"라는 소리를 들어 스트레스받는 것보다 낫다는 생각이 들 때가 있다. 그리고 이런 생각도 삐죽 올라온다. '기상학은 원래 어려운 게 맞는데요!'라는 생각. 기상학이 일상생활과 밀접한 학문이다 보니 날씨가 뉴스에 자주 등장하여 과학으로서의 지위를 상실한 것 같기도 하다. 다른 과학 내용을 담은 리포트와 비교하면 너무 '쉽게쉽게'에 맞춰져 있달까?

요즘 사람들은 지적 욕구가 강한 편이다. 그래서 어려운 내용을 설명해주는 걸 찾아보는 경우도 있고, 그런 설명을 들어야 새로운 사실을 더 알게 된 듯한 느낌을 받지 않을까? 게다가 초등학교 고학년 또는 중고등학생도 이해할 수 있도록 작성하라고들 하는데, 요즘엔 학생들 수준이 높아져서 좀 더 새로운 내용이 있어도 거부감이 덜할 텐데 하는 아쉬움이 든다. 그럴지만 다 피가 되고 살이 되는 조언이니 나름 박사라는 이점을 살려가며 기사 쉽게 쓰는 방법을 찾아보려고 노력은 하는데 영 쉽지가 않다. 연차가 쌓여도 내게는 여전히 어려운 문제로 남아 있다.

강제 외향형?

그렇게 기자가 된다

기자는 정말 다양한 사람을 많이 만난다. 리포트 하나를 만드는 데 기본적으로 만나야 하는 사람은 크게 취재원(인터뷰이), 데스크 선배, 촬영 기자, 영상 편집자, 그래픽 디자이너다. 모두 한 명씩이면 좋겠지만, 취재원이 한 명인 경우는 드물다.

예를 들어 기본적인 날씨 리포트를 보자. 여기서는 '스트레이트 기사'라고 표현하며, 분석보다는 그날의 날씨와 예보를 담는 리포트라고 보면 된다. 이런 리포트에는 주로 시민 인터뷰가 들어가는 편인데, 인터뷰 하나를 얻기 위해서 참으로 많은 사람을 거친다. 운이 좋을 때는 기사와 어울리는 멘트를 해주는 시민을 바로 만나 단번에 인터뷰에 성공할 때도 있지만, 그렇지 않을 때는 정말 수많은 사람에게 인터뷰를 부탁하며 얻어낸다.

여러 사람을 만나야 한다는 점이 처음에 내게는 너무나도 고역이었다. 새로운 사람 만나는 것을 좋아하지 않는 데다가 수화기 너머로 모르는 사람과 대화한다는 것 자체가 불편했다. 그래서 기자로 일한 초반에는 숨이 막힐 지경이었고, 마주쳐야 할 사람 한 명 한 명이 거대한 산처럼 느껴졌다. 산 하나를 넘으면 그다음 산이 나오는 일이 무한히 반복되는…. 게다가 등산로가 잘 정비돼 오르기 편한 산 같은 사람들이 있는가 하면, 아무도 지나간 적이 없어 어디에 발을 디뎌야 할지 모르는 험한 산과 같은 사람들도 있기 때문에 일이 수월할 거라는 방심은 금물이었다.

이렇게 열심히 산을 넘었기 때문일까, MBTI 검사 결과까지 바뀌었다. MBTI에서 I는 내향형, E는 외향형을 나타내는데, 기자로 일하기 전의 나는 극강의 I였다. 그런데 요즘 MBTI 검사를 해보면 E가 나올 때도 있다. 비율을 보면 I가 50퍼센트, E가 50퍼센트 정도로 비등비등한 수준이 된 것이다.

환경이 사람을 만든다고 했던가. E가 나올 수밖에

없는 에피소드들이 있다.

　내가 기동팀에 파견된 지 얼마 안 되었을 때, 광화문에 있는 어느 빌딩에서 몰카범이 붙잡혔다는 소식이 들려왔다. 곧장 광화문으로 보내진 나는 사건 관계자나 몰카범이 경찰에 체포되어 나가는 모습을 목격한 사람을 찾는 임무를 맡았다. 몰카범이 경찰에 잡혀간 시간은 오전인데, 내가 도착한 것은 막 점심시간을 넘겼을 때였다. 사람이 많지 않고 업무 시간인 오전에 일이 발생한 데다, 몰카범이 잡힌 그 건물 안에는 한 회사만 있는 것이 아니라 여러 회사가 함께 입주해 있었다. 때문에 '사내 소문을 들어 알 수 있을 법한' 그 회사 사람을 찾기가 쉽지 않았다. 그 건물에서 몰카범이 잡혀 나갔다는 사실을 퍼뜨리는 역할을 오히려 내가 할 수 있었다. 그렇지만 지푸라기라도 잡는 심정으로 일단은 움직여야 했다. 보안 때문에 건물 안으로 들어갈 수조차 없어서 건물 앞에서 담배 피우는 사람들부터 시작했다.

　"안녕하세요. 저는 JTBC 김세현 기자인데요. 혹시 여기서 몰카범이 잡힌 것과 관련해서 보시거나 들으신 게 있나요?"

그때 로봇처럼 말하며 다닌 문장이었다.

처음엔 멀리서 쭈뼛쭈뼛 보기만 하다가 슬쩍 다가가 조심스레 물었다. 나를 이상하게 바라보리라는 예상과 달리 사람들은 친절했다. '기자'여서 이해받은 것 같았다. 물론 몇몇 사람은 내가 다가가는 것처럼 보이는 순간부터 '도를 아십니까' 부류의 사람으로 여기고 멀찌감치 피해 지나가기도 했지만 말이다. (그때는 이렇게 외면당하면 마음 한구석으로 억울함이 밀려와 '저는 그런 사람이 아니에요! 당신에게 관심 없어요!'라고 말해주고 싶은 마음이 굴뚝같았다.) 예상 밖의 친절함에 용기를 얻은 나는 많은 사람에게 물어볼 수 있었고, 내친김에 주변 지구대까지 들어가서 질문을 던졌다. 비록 목격한 사람이나 관련 내용을 들은 사람을 찾지는 못했지만, 이날을 계기로 내 안에서 뭔가 깨지는 느낌을 받았다. '생각보다 할 만한 것 같은데?'라는 생각과 함께.

이러한 경험이 쌓인 덕분일까, 일하면서 점점 능청스러움과 뻔뻔함을 장착한 나는 난이도를 한 단계 올려봤다. 자의적이라기보다는 타의적으로 올린 셈이지만….

이번엔 처음 보는 사람에게 자료를 얻어내는 일을 맡았다. 바로 사건 현장이 담긴 CCTV 화면을 따오는(얻어오는) 일이었다. 사건은 아파트 주차장에 주차된 차들의 사이드 미러를 누가 파손해 체포된 일이었다. 방송 리포트는 영상이 매우 중요하기 때문에 사건을 보도하려면 영상 확보가 필수적이다. 따라서 현장을 보여주는 CCTV 화면이야말로 최고의 자료가 아닐 수 없다. 그래서 나는 사건이 발생한 아파트 단지의 CCTV 화면을 얻기 위해 해당 아파트로 갔다.

아파트 단지 측에서는 사고가 난 아파트라는 사실을 알리기 싫어하기 때문에 찾아오는 것조차 꺼린다. CCTV 화면을 얻을 수 없으면 인터뷰라도 해가야겠다는 마음으로 과감하게 관리 사무소 문을 열자마자 읍소를 시작했다. 저는 기자이고, 지금 무엇 때문에 왔다, 황당한 사건을 겪어서 얼마나 놀라셨느냐, CCTV를 가져가지 못하면 혼난다는 농담 반 진담 반의 내용과 함께 구구절절 사연을 늘어놓았다. 다행히 관계자분들이 마음을 열어주어 CCTV 관리실로 들어갈 수 있었다. 사건 현장이 담긴 CCTV 화면을 USB에 소중히 담아 나오면서 "다른 방송사에서 오더라도 절대 주시면 안 돼요! 제발 부탁드려요!"라는 말도 잊지 않았다.

예전의 나라면 관리 사무소에 들어가지도 못했을 텐데, 읍소까지 하면서 성과를 얻으니 자신감이 생겼다. 넓게 보면 신입 기자의 대수롭지 않은 소득에 불과했지만, 극강의 I였던 자신의 틀을 깼다는 새로운 느낌이 생소하면서도 만족스러웠다. 그 뒤로도 꾸준히 뻔뻔함을 키운 나는 이젠 차에 붙어 있는 전화번호로 전화해서 블랙박스를 달라는 요청까지 할 수 있다. 친분이 있는 취재원에게 전화할 때는 "아이고 ~ 그동안 잘 지내셨어요?"라는, 예전에 이렇게 말하는 사람들을 보면서 '정말 어떻게 저렇게 말할 수 있지?'라고 생각했던 능글맞은 멘트도 하게 되었다. 사회생활이란….

1000
1010
1020
1000

3부

쓰나미 앞에 선 기상기자의 일상

더울 땐 더운 곳으로,
추울 땐 추운 곳으로

2019년 9월 7일 토요일, 기동팀에 파견되고 나서 처음으로 주말에 출근한 날이었다. 그런데 하필 이날 태풍 링링이 우리나라 서해안을 따라 북상하다 옹진반도에 상륙할 것으로 전망됐다. 서해안을 따라 북상하기 때문에 우리나라 서쪽 지역을 중심으로 강풍 피해가 예상됐는데, 전라남도는 이미 새벽부터 링링의 영향으로 강풍이 몰아치고 있었다. 태풍이 상륙할 때면 기상전문기자뿐만 아니라 기동팀도 몹시 바쁘다. 태풍이 오면 현장에 나가 상황을 전달하는 역할을 대부분 사회부 소속 기동팀이 맡기 때문이다.

기상전문기자들은 보통 스튜디오에서 분석과 예보를 전한다. 그러나 나는 기동팀에서 말진인 막내로

교육받고 있었기 때문에 현장에 함께 나가게 되었다. 배정받은 장소는 서울 안양천. 오후에 태풍 특보를 할 때 안양천 현장을 두 번 연결하는데, 그중 한 번을 내가 맡았다. 현장 연결(이하 MNG)이라니…. 현장에 나가면 프롬프터도 없어서 원고를 띄워놓은 휴대폰에 의지해 방송을 해야 한다. 문제는 비가 오면 빗방울 때문에 휴대폰 액정이 잘 보이지 않을 뿐만 아니라 터치도 안 될 가능성이 크다는 점이다. 더군다나 스튜디오에서 방송도 제대로 못하는 내가 야외 방송이라니….

걱정을 한가득 안고 MNG 경험이 있는 후배 기자와 함께 일단 안양천으로 출발했다. 안양천에 도착하자마자 떠오른 생각은 '태풍이 오는데 밖에 나와 있기는 처음이네'였다. 바람이 세차게 불 때면 보통 실내로 들어가야 하는데 오히려 밖에 나와서 바람이 강하다는 걸 보여줘야 하는 것이다.

후배 기자가 정오 특보 연결, 내가 오후 2시 특보 연결을 하기로 하고 오늘 태풍 특보의 MNG 준비를 시작했다. 우선 MNG를 어디에서 할지 위치를 정하고, 회사 차량 안에서 MNG 원고 작성에 필요한 정보를 알아봤다. 현재까지 바람이 가장 강하게 부는 곳은 어딘지, 기상청 태풍 특보는 어떻게 내려져 있는지, 태풍이 서울에는 언제 제일 가까워지는지 등을 확인했다. 그리고 서울소방재난본부에 전화해서 지금까지 피해는 몇 건이 접수됐으며, 피해 집계는 언제 나오는지를 확인했다. 이런 자료들을 토대로 후배 기자가 먼저 MNG를 했는데, 지켜보는 나는 너무 불안했다. '내가 저렇게 할 수 있을까?', '방송 사고를 안 낼 수 있을까?' 등등 생방송 울렁증이 또 슬슬 올라왔다.

후배 기자가 MNG를 끝낸 뒤, 주변 피해 상황을 다시 확인하기 위해 차를 타고 이동했다. 바람이 워낙 강해서 그런지 얼마 지나지 않아 피해 현장을 목격할 수 있었다. 도로에 나무 한 그루가 쓰러져 있는 현장과 건물에 걸려 있던 현수막이 떨어져 택시를 덮친 현장을 발견하고는 차에서 내려 어떻게 이런 상황이 됐는지 취재하고 촬영했다. 사실 특보 때 MNG를 연이어 하면 매번 위치가 같기 때문에 시청자는 기자가 줄곧 그 자리에서 대기하다가 방송한다고 생각할 수 있다. 그러나 현장에서는 방송 연결을 할 때만

MNG 위치로 돌아온다. 다음 MNG 연결 때까지 근처를 돌아다니면서 새로운 소식을 취재해 MNG 내용에 담아야 하기 때문에 쉴 틈이 없다.

계속 주변을 돌며 취재하다가 점심을 먹으려고 중국집에 들어갔다. 나는 짬뽕을 주문했는데, 맛이 전혀 느껴지지 않았다. 한 시간이 채 남지 않은 MNG 생각에 음식이 넘어가지 않았다. 어느새 오후 2시가 다 되어 MNG 위치로 돌아와 MNG 원고를 올리고 데스킹을 기다리며 마음의 준비를 했다. 비는 많이 내리지 않았지만 바람이 강한 탓에 정말이지 서 있기조차 힘들었다.

MNG를 대기하면서 온갖 생각이 들었다. 'MNG 도중에 만약 바람 때문에 뒤로 넘어가면 어떻게 되는 걸까? 아니다, 바람을 핑계로 차라리 화면에서 사라지는 편이 나을까?' 등등 MNG 흑역사가 탄생할 것만 같은 불길한 생각이 머릿속을 가득 채웠다. 이런 마음을 아는지 모르는지, 방송 시간이 가까워지면서 바람은 점점 더 강해졌다. 내가 자꾸 휘청거리자 촬영 기자 선배가 벽돌을 구해왔다. 기마 자세로 선 채 발 뒤에 벽돌을 하나씩 받쳐 몸을 고정했더니 한결

나았다.

이렇게 단단히 준비를 마치자 곧 특보가 시작됐다. 엄청난 바람 소리에 내 목소리마저 제대로 들리지 않았다. 목청껏 외쳐가며 강한 바람으로 인한 피해가 없게끔 각별히 주의하라는 말로 MNG가 끝날 무렵, 순간적으로 돌풍이 불어 뒤로 넘어질 뻔했다. 다행히 마지막 문장 부분이라 내 모습이 방송에 담기진 않았다. 처음 하는 MNG에 방송 사고는 내지 않았다는 안도감이 들면서, 어쨌든 바람이 강하다는 사실이 시청자에게 잘 전달됐으리라 생각했다.

그러나 인터넷에 올라온 영상을 보니 내 뒤의 배경은 내가 느낀 현장 상황과 딴판이었다. 저 멀리 나무들은 흔들리지 않고, 안양천 옆 들풀만 휘청대고 있었다. 입안으로 자꾸 바람이 들어와 내 목소리만 홀로 긴박한 영상만 남아 있을 뿐…. 분명 바람이 엄청 강했는데! 조금 억울했다. 그래도 MNG라는 새로운 경험을 했으니 다음번 태풍 때는 더 잘해야지 다짐했건만, 이때가 처음이자 마지막으로 나간 태풍 현장이었다. 다시 기상전문기자로 복귀해야 했기 때문이다.

기상전문기자로 돌아온 나는 담당 분야인 기상과 기후 분야에 이슈가 있을 때 리포트를 하거나, 좀 더 중요하게 다뤄야 할 이슈가 있을 때는 출연을 했다. 태풍 MNG는 더 이상 하지 않고 주로 스튜디오에서 출연했지만, 현장에 아예 나가지 않은 것은 아니었다. 날씨 리포트 특성상 당일이나 앞으로의 전망을 담아야 하기 때문에 리포트를 만들 때는 당일 날씨 영상을 찍어오는 작업이 반드시 필요했다. 폭염 보도 때는 영상으로 딱 보기에도 더운 곳을, 한파 보도 때는 보기만 해도 추운 곳을 찾아 촬영 기자와 함께 영상을 찍어와야 했다.

폭염과 한파는 각각 촬영하는 데 어려운 점이 있다. 폭염 때는 낮이 가장 덥기 때문에 출근하고 나서 영상을 찍으러 가도 된다. 문제는 매우 더운 날에는 거리에 사람이 별로 없어 인터뷰할 사람을 구하기 어렵다는 점이다. 하긴 가끔은 촬영하러 나가면서도 '이런 무더위에 밖에 사람이 있는 게 이상하지 않을까?' 생각했으니까….

한파 때는 또 다른 어려움이 있다. 보통 아침과 새벽이 가장 춥기 때문에 발제를 미리 계획하고 리포트 제작 당일 아침에 영상을 찍으러 간다. 사람이 많을 수밖에 없는 출근길에서는 추위에 단단히 대비한 사람들의 모습은 찍을 수 있지만, 인터뷰 난이도가 폭염 때보다도 더 어렵다. 가만히 서 있어도 추운 데다 출근길이라 바빠서 다들 빠르게 지나가기 때문이다. 또 날씨가 추울 때는 스탠드업(온 마이크)을 하는 것도 쉽지 않다. 멘트를 해야 하는데 입이 얼어서 발음이 안 되는 탓에 NG가 여러 번 난 적도 있다.

더울 땐 더운 곳을, 추울 땐 추운 곳을 찾아가 조심하라고 전해야 하는 이 아이러니한 직업이란!

박사였는데,

다시 박사로?

기상전문기자로 입사하고 1년쯤 지난 2020년 4월부터 나는 〈뉴스룸〉에서 '날씨박사'라는 일일 코너를 진행했다. 나에게 이 코너는 기동팀 파견에 이어 또 다른 성장의 기회가 되었다. 코너를 맡기 전만 해도 뉴스가 만들어지는 과정을 낱낱이 파악하지 못했는데, 제작에서 한 구성원의 역할을 맡으며 더 잘 알 수 있었다.

살짝 TMI이긴 하지만, 코너 이름이 '날씨박사'로 정해졌을 때는 정말 당황했다. 입이 다물어지지 않는다는 표현이 딱 어울렸다. 맨 처음 떠오른 생각이 '어떡하지?'였으니 말이다. '내가 박사인 걸 온 세상에 알리는 건가!', '그런데 제대로 못하면 어떡하지?’, ‘날씨 틀리면 어떡하지?’ 등등. 주변 지인들 반응도 거의 비슷했다. 물론 코너 이름을 지어준 선배가 감각이 아주 뛰어난 분이고, 코너명을 고민해주신 게 무척이나 감사한 일이다. 그러나 아직 I의 기세가 강하게 남아 있던, 남 앞에 나를 내세우는 걸 꺼려하던 당시의 나는 ‘날씨박사’라는 코너명에 적응하기 힘들었다.

하지만 나는 코너명에 놀랍도록 금세 익숙해졌다. 사실 코너 PD님, 작가님과 의논해서 이름을 몇 개 제출하긴 했었다. 그러나 ‘날씨 코너의 이름이어야 하고, 전문성이 있다는 점이 강조되어야 하며, 영어는 되도록 피한다’라는 조건에 걸맞은 이름은 생각하지 못했다. 그런데 ‘날씨박사’는 어떤가? 저 조건에 다 들어맞았다. 코너 이름이 입에 착착 붙었다. 어느새 ‘날박’이라고 부르는 코너 PD님과 작가님 그리고 나 자신을 발견했다. 모두 ‘역시!’ 하며 그 선배의 남다른 감각을 다시금 존경하게 되었다.

‘날씨박사’ 코너를 맡으면서 내 업무 루틴과 강도는 크게 달라졌다. 앞에서 잠깐 언급했듯이 기상전문기자인 나는 주 출입처가 기상청이며, 날씨와 미세먼

지 등 기상과 기후 분야 보도를 담당했다. 이런 점은 변하지 않았지만 날마다 출연해야 하고, 그렇기 때문에 아이템이 매일매일 있어야 했다. 아침에 발제로 시작하는 것은 똑같지만 일일 코너이다 보니 '할 만한' 아이템을 무조건 날마다 발제해야 했다. 보도할 만한 날씨 아이템이 늘상 있는 것은 아니기 때문에 이제는 날씨에 관한 모든 정보를 긁어모아서 어떡하든 '이야기가 되게끔' 만들어 발제해야 했다. 내 발제가 오전 회의에서 통과되면, 그때부터 그날의 내용을 제작하는 작업이 시작된다. 통과되지 않으면 오후 회의 때까지 다시 찾아서 보고하곤 했다.

또 PD님과 작가님이 함께 팀을 꾸려 일하게 됐다. 당일 아이템이 정해지면 점심을 먹고 '날씨박사'팀 회의를 하면서 아이템을 어떻게 정리해서 시청자들에게 전달할지, 원고의 대략적인 틀과 그에 맞는 CG 구성을 함께 논의했다. 방송이므로 시청자가 영상을 보며 이해할 수 있게 구성해야 하기 때문이다. 기상학 박사이긴 하지만 내가 기상학의 모든 분야를 속속들이 아는 것은 아니므로, 해당 분야 전문가와 교수님에게 물어보거나 논문을 찾아가며 열심히 준비했다. 그리고 내가 정리한 설명이 비전공자인 PD님과 작가님까지 이해할 만한 정도가 되어야 회의가 끝났다. 그 뒤에 작가님은 회의 내용을 바탕으로 출연 원고 작성을, PD님은 회의에서 나온 CG 구성을 토대로 그래픽팀과 함께 제작을 맡았다.

그런데 '날씨박사'의 핵심 기획 의도는 '전문가가 날씨를 예보한다'는 것이었다. 그래서 작가님과 PD님이 날씨를 주제로 코너 앞부분의 아이템에 대해서 원고와 CG 작업을 하는 동안, 나는 내일 날씨 예보문을 작성하고 그에 어울리는 일기도를 그려서 CG를 맡겨야 했다. 기상청에서 받는 데이터로 일기도를 그리고, 기상청의 예보문을 참고하고, 다른 나라 기상청의 예보까지 보면서 나만의 예보문을 빠르게 작성해야 했다. 매일같이 예보문을 작성하면서 느낀 점은, 얼핏 비슷해 보이지만 같은 하늘과 같은 날씨는 단 하루도 없다는 것이었다. 또 내일이 오늘보다 춥다면 얼마나 더 추운지 설명하고, 지역별로 차이가 있으므로 오늘 관측값과 함께 지역별 기온이나 습도를 비교했다. 이렇게 예보문을 작성하고 일기도를 그려 CG까지 넘기고 나면 저녁 6시가 다 되어, 작가님이 작성한

원고를 함께 검토한 뒤 팀장님에게 데스킹을 받았다. 그사이에 만들어진 CG를 PD님, 작가님과 함께 확인하고, 분장을 마치면 어느새 출연할 시간이 되었다. 데스킹이 끝난 원고와 완성된 CG를 한 번 맞춰보고 방송에 나가면 그날 업무는 끝이었다.

그렇지만 온전한 끝이 아니다. 날마다 진행하는 코너인 까닭에 곧장 다음 날 아이템을 찾아야 했다. 뉴스에 딸린 코너이다 보니 아무래도 시의적절한 날씨 아이템을 찾아야 했다. 그래서 이번 주 날씨 전망을 고려해 아이템을 미리 정리해둔 경우가 아니라면 새벽까지 아이템을 찾는 날이 많았다. 아이템을 미리 구상해놓았어도 중간에 다른 변수가 생기면 갑작스레 바꿔야 할 때도 자주 있었다.

어떻게 매일매일 아이템을 찾는지 동료 기자들이 물어보곤 했다. 아이템을 찾는 나도 신기하긴 했지만, 기후 변화와 관련한 아이템이 의외로 많은 데다 생각보다 이상한 날씨가 꽤나 잦았다. 한번은 방송 준비로 정신없을 때 복도에서 마주친 후배가 내게 이렇게 말했다. "선배가 입사한 뒤로 날씨가 이상해진 것 같아요"라고. 가만히 곱씹어보니 '날씨박사'를 시작하고 나서 코로나19 여파로 미세먼지 없는 쾌청한 하늘이 잦아 이 또한 아이템이 되었고, 여름에는 역대 가장 긴 장마가 왔다. 가을 초입에는 강한 태풍들이 연달아 들이닥쳤으며, 겨울에는 매우 강한 한파가 몰려왔다. 내가 입사하기 전후로도 역대급 폭염과 함께 역대 가장 많은 태풍이 우리나라에 영향을 끼친 사실을 생각하면 그렇게 느낄 법한 상황이었다.

입사 지원 전에 기상전문기자가 어떤 직업인지 찾아봤을 때는 주로 여름과 겨울에 업무가 몰리는 직업이라고 생각했다. 그러나 이제는 기후 변화가 심해져서 여름과 겨울에만 바쁘다는 것은 옛말이 되었다. 실제로 예전과 다른, 평범하지 않은 날씨가 빈번해지는 것이 체감되었다. 지나가면서 안부 인사 차 나눈 이야기지만 후배의 그 말은 가슴에 남았다. 앞으로 더욱 빈번해질 위험한 이상 기후로 인한 피해를 줄이기 위해 신속하고 정확한 보도에 최선을 다해야겠다는 무거운 책임감으로 말이다.

꼭 내가 예보하면
반대로 가는 날씨

"다음 주 금요일에 눈이 올까요?"

주변에서 벌써부터 다음 주 날씨를 물어보기 시작했다. 바로 다음 주 금요일이 크리스마스였기 때문이다. 크리스마스에 눈이 올지 안 올지는 기상전문기자에게 매우 중요하다. 기사 제목에 '화이트'라는 단어가 붙나 안 붙나가 결정되기 때문이다(눈 대신에 미세먼지 농도가 높으면 그레이 크리스마스라고 표현하기도 한다). 눈이 올 것 같냐는 질문에 나는 "다음 주 날씨는, 더군다나 눈은 정말 전날까지도 잘 몰라요. 예보가 너무 어려워요"라고 겉으로는 태연하게 대답했지만, 속으로는 큰일 났다고 생각했다.

'날씨박사'는 여느 방송사 날씨 코너와 달리 기상

청과 다르게 예보할 수 있는 권한이 있었다. 사실 이 코너를 만들 때 기상청 예보를 천편일률적으로 '전달만 하는' 예보 말고, 전문가가 직접 분석해서 전문가의 시선에서 예보를 했으면 좋겠다는 기획 의도가 있었다. 매번 기상청과 완전히 다르게 예보하는 건 아니지만, 또 그렇게 할 수도 없지만, 기상청 예보 내용을 전달만 하지 않고 전문가가 날씨를 해설하는 코너를 상정한 것이다.

그런데 이렇게 하려면 JTBC가 기상예보업체로 등록해야 하고, JTBC에서 일하는 '기상 예보사'가 1명 이상 있어야 한다. 이 때문에 나는 입사하자마자 부랴부랴 기상기사 자격증을 따고, 이어서 기상예보사 자격증까지 취득했다.

그래서 일종의 자유를 얻었지만, 날씨를 기상청과 크게 달리 예보하는 데에는 한계가 있었다. 다만 최저·최고 기온을 기상청과 다르게 예보했는데 내 예보가 더 정확하면 속으로 소심하게 좋아하곤 했다. 유치하지만 내 예보가 더 잘 맞았다고 뽐낼걸 하는 아쉬움도 있었다. 아는 사람만 아는 정도의 차이였기도 했고, 보통 시청자는 여러 날씨 뉴스의 정보를 비

교해가며 보지는 않기 때문이다. 아무튼 예보에 대한 자유 권한을 얻고 처음 맞는 크리스마스인데, 왠지 다른 데보다 정확하게 예보해야 한다는 압박감이 나를 짓누르기 시작했다.

당시 기상청 단기 예보에 크리스마스 이브 날씨가 발표되는 12월 22일, 크리스마스 날씨까지 한번 질러보자는 의견이 '날씨박사' 회의에서 나왔다. 그렇게 되면 기상청에서도 아직 발표하지 않은 날씨를 내가 먼저 말하게 되는 것이다! 평일이건 주말이건 불문하고 22일까지 줄곧 크리스마스 날씨만 생각했다. 드디어 대망의 12월 22일, 크리스마스 이브에는 곳곳에 눈이 날린다는 예보가 나왔다. 그렇지만 크리스마스 날씨는 3일 이후의 예보인 중기 예보를 통해 확인해야 했는데, 당일에 춥다는 말만 나왔을 뿐 눈이 오는 지역은 아직 없는 것으로 예보되었다. 그런데 크리스마스 날씨를 위해 내가 새로 짠 코딩을 통해 그린 일기도 결과에는 전라도 내륙에 눈 또는 비, 눈이 찍혀 있었다.

'이걸 어떡하지….'

기상청 예보에는 눈이 내린다는 말이 없지만 내

코딩 결과에는 눈이 찍혀 있고…. 이럴 때가 제일 난감하다. 오로지 나 혼자만의 판단으로 예보를 결정해야 할 때. 고심이 깊어지다가 이제는 또 '화이트 크리스마스의 기준'이 헷갈리기 시작했다. '눈이 내리긴 했지만 쌓이지 않으면 화이트 크리스마스가 아니려나?', '사람들이 눈 내리는 걸 보면 화이트 크리스마스인가?' 나만의 기준을 끊임없이 고민하며 일기도를 추가로 더 그려보기도 하고 기상청에 전화해서 물어보기도 한 끝에, 12월 22일이 되자 나는 이렇게 예보했다.

"새벽에 전라도 내륙 지역에 남색으로 눈이 표시됐는데요. 자세히 살펴보니, 아직은 산지에 눈 날림 정도로 예상됩니다. 아무래도 전국 대부분이 화이트 크리스마스를 기대하긴 어려워 보입니다."

산지는 기온이 많이 떨어지기 때문에 눈이 확실해 보였지만, 다른 내륙 지역은 판단하기가 여간 어려운 게 아니었다. 게다가 '눈이 쌓여야 화이트 크리스마스다'라는 기준을 세워보니 정말 애매했다. 마음 같아서는 "전라도 지역은 화이트 크리스마스입니다"라고 말하고 싶었지만 나는 쫄보였다. 위의 저 세

문장도 방송 직전까지 고민을 거듭하다가 큰 마음을 먹고 한 예보였다.

방송이 끝나고 '틀리면 어떡하지…' 하는 생각이 머릿속을 꽉 채웠는데, 그 걱정은 곧 억울함과 작은 분노(?)로 바뀌었다. 이튿날 새벽 기상청의 예보에 크리스마스 당일 새벽에 서해안 눈 날림 예보가 들어갔고, 24일 새벽 예보에는 크리스마스 당일 아침 9시까지 전라도와 충남 지역에 눈 예보가 들어간 것이다.

"그냥 지를 걸 그랬어요!"

크리스마스 당일이 되도록 머리칼을 쥐어뜯으며 이렇게 말하는 나를 보며 '날씨박사' PD님과 작가님은 다음부터는 자신 있게 지르라고 응원해주셨다.

이런 날이 종종 있었다. 2021년 어린이날 날씨 예보로 기억한다. 어린이날 이틀 전, 작가님이 어린이날 날씨가 어떨 것 같은지 물어보며 이렇게 덧붙였다.

"어린이날이 평일 휴일이라 사람들이 캠핑이나 나들이를 갈 것 같은데, 날씨를 미리 자세히 짚어주면 어떨까요?"

크리스마스 때와 마찬가지로 더 유심히 살펴봤더니 어린이날에 황사가 날아올 것 같았다. 그런데 기상청에서는 황사 가능성을 낮게 보았고, 통보문에 '황사'의 '황' 자도 언급되어 있지 않았다. 여기서 나는 또다시 고뇌에 빠졌다. 내 석사 학위 논문 주제가 '황사'였기 때문이다. 황사 예보를 틀리면 석사 학위 연구 주제가 황사라는 사실을 아는 사람들에게 민망할 뿐만 아니라 나 스스로 자존심이 몹시 상할 것 같았다.

그러나 내몽골 고원 등 발원지 관측이 아직 명확하지 않고, 살펴볼 수 있는 자료가 한정적이라 긴가민가했다. 그래도 황사를 연구한 사람의 자존심이 있다며 난 어린이날 황사 가능성을 자신 있게 예보했다. 어린이날 전날인 5월 4일에도 약한 황사를 예상했지만, '날씨박사'에서는 당일 앞부분 아이템과 예보를 넣느라 황사를 언급할 시간이 빠듯했다. 또 기상청 통보문에도 황사가 언급되어 있지 않아 소심한 나는 과감히 황사 언급울 빼버렸다. 그런데 이게 웬걸, 어린이날 새벽 기상청 통보문에는 이렇게 적혀 있었다.

“(황사) 그제(3일) 내몽골 고원에서 발원한 황사가 유입되면서 오늘(5일) 서쪽 지역을 중심으로 약하게 황사의 영향을 받을 가능성이 있으니, 황사를 포함한 미세먼지에 대한 자세한 예보는 미세먼지 예보(매일 05시, 11시, 17시, 23시 발표, 국립환경과학원)를 참고하시기 바랍니다.”

이렇듯 내 예상이 기상청 예보와 달라 보일 경우 고민만 하다가 지르지 못하면 날씨는 항상 그렇게 흘러갔다. 그럴 때마다 마치 날씨가 “그러게 그냥 지르지 그랬어~”라고 나를 약 올리는 듯한 기분이 들고 너무 억울했다. 객관식 문제에서 1번과 3번을 놓고 고민하다가, 앞 문제 답이 3번이니 1번으로 골라서 틀리는 그런 경우처럼 말이다.

소심한 탓에 주로 기온만 기상청 예보와 다르게 예보했지만, 가끔 정말 아니라는 강한 확신이 들면 과감히 예상 강수량 수치를 다르게 예보하기도 했다. 제주도에 많은 비가 예보된 어느 날이었다. 제주 산지에는 모레 아침까지 200mm가 넘게 내린다는 예보가 계속 이어졌다. 오전 통보문에 이어 오후 통보문에서도 그다음 날 아침까지 제주 산지에 많게는

200mm의 비가 예상된다고 나왔다. 하지만 저녁때 방송을 준비하면서 살펴보니, 비구름이 어느 정도 지나가서 비가 200mm까지 내리지는 않을 것으로 분석됐다. 밤사이 제주도에는 많아야 70mm, 중부 지역에는 40mm 정도 더 내릴 것으로 보여 그렇게 예보했다.

이때 일이 인상 깊었던 이유는 방송이 끝나고 받은 한 통의 문자 메시지 때문이다. 방송이 끝나고 30분쯤 지났을까, 기상청에서 공지 문자가 왔다. 내용인즉슨, 예상 강수량을 조정한다는 것이었다. 제주도 산지에는 내일 새벽까지 20~60mm, 수도권·강원영서 등은 10~40mm로 예보를 업데이트한다는 것이었다. 모든 방송사의 메인 뉴스와 온라인 뉴스에서도 200mm의 많은 비가 내린다고 기상청 예보를 그대로 전달한 와중에 혼자만 예보다운 예보를 했다는 뿌듯함이 밀려오는 순간이었다.

2020년 2월 초, 입춘 날이었다. 전날 '날씨박사'에서 중부 지방에 눈이 많이 올 거라고 예보한 이튼 날로, 그날의 본래 아이템은 입춘을 소재로 이야기한 뒤에 다음 날 날씨 설명으로 넘어가는 것이었다.

제작진과 오후 회의를 마치고 이미 제작에 들어간 지 세 시간이 지난 저녁 6시쯤이었을까. 뉴스 시간이 다가오자 눈발이 점점 강하게 날리기 시작했다. 금방 그칠 눈이 아니라 밤사이에도 많이 내릴 것으로 예상되는 데다가, 서울이 포함된 중부 지역에 내렸기 때문에 메인 뉴스의 큐시트에 현장 연결(MNG)이 추가됐다. 물론 나에게도 연락이 왔다. MNG에 나간 촬영 기자가 눈 내리는 영상을 찍어 보내니 꼭 사용해서 지금 내리는 눈에 관한 내용을 '날씨박사'에 넣으라는 것이다.

부리나케 PD님, 작가님과 다시 회의를 했다. 영상을 그냥 사용하면 되는 것이 아니라 어느 부분에서 사용할지 결정하고, 코너에 할당된 시간은 한정되어 있으므로 기존 내용에서 어느 부분을 뺄지 의논해야 했다. 부랴부랴 CG 순서를 다시 정하고, 곧 전송받을 영상에 대한 묘사를 원고의 어떤 대목에 넣을지 정했다. 이런 일은 코너를 생방송으로 진행했기 때문에 벌어지는데, 이럴 때는 멘탈이 여간 흔들리는 게 아니다.

사용할 눈 영상을 확인해야만 원고에 묘사할 수 있는데 그 영상은 내가 방송에 들어가기 직전에야 들어와서 부랴부랴 원고를 적고 스튜디오로 들어갔다. 스튜디오에 들어가서도 후반부의 예보 부분을 계속 업데이트하느라 정신이 하나도 없었다. 8시 55분경 생방송에 들어가는데, 사용할 눈 영상과 설명을 맞추어야 해서 8시 30분 레이더 영상을 새로 추가하기까지 했다. 하도 정신없이 들어가서일까, 그날 영상과 CG 등은 잘 나갔지만 원고 멘트를 여러 번 더듬어서

너무 속상했다.

생방송에서는 이렇게 가끔, 아니 생각보다 자주 예상치 못한 일이 벌어지곤 한다. 날씨가 좋지 않을 때는 상황이 시시각각 변하기 때문에 긴장을 놓을 수 없다. 태풍이 올 때는 정신을 제일 똑바로 차려야 한다. 특히 태풍 상륙 시점이 뉴스 시간과 겹칠 때는 더더욱.

보통 기상청에서는 태풍이 경계 지역 안에 들어오면 3시간 간격으로 통보문을 발표한다. 오전과 오후 각각 1시, 4시, 7시, 10시에 태풍 분석 자료를 낸다. 당시 JTBC 〈뉴스룸〉은 7시 30분에 시작해서 9시에 끝났다. 기상청의 오후 7시 통보문을 반영하면 가장 좋겠지만, 뉴스 제작 일정상 불가능할 때는 오후 4시 자료를 쓰기도 했다. 그렇지만 태풍의 예상 경로와 강도, 크기 같은 정보에 한해서였고, 방송이 시작될 때까지 태풍이 제일 강하게 몰아친 지역이나 바람의 세기는 되도록 가장 새로운 정보를 넣었다.

한번은 '날씨박사' 코너가 아닌 일반 출연으로 태풍 정보를 전할 때가 있었는데, 내가 출연하기 직전에 기상청 쪽에서 태풍이 상륙했다는 통보가 들어왔다. 부랴부랴 선배에게 연락한 다음, 프린트한 원고에 상륙 일시와 장소를 손으로 적어 넣고 방송에 들어가 상륙 소식을 전했다. 또 태풍이 올 때는 상륙 시점 전후로 특보도 하기 때문에 하루 종일 태풍에 관한 정보를 놓쳐서는 안 된다.

방송 기자로 일하면서 어떤 변수가 생길지 모르는 생방송에 대한 부담감도 컸지만, 기상전문기자로서 방송 직전까지 날씨를 확인해서 최신 정보를 전달해야 한다는 책임감도 이에 못지않게 매우 컸다. 내가 그랬듯이 사람들 대부분은 뉴스가 안정적인 상태에서 진행된다고 생각하겠지만, 방송 현장은 정말 치열하다. 수면 위에서 유유히 오가는 백조 같은 모습이 화면에 비치는 모습이라면, 수면 아래에서는 많은 사람들이 함께 발길질을 하고 있다고 해야 할까.

태풍 같은 기상 상황에 따라 아이템이 급박하게 수정되거나 바뀌기도 하지만, 다른 이유에서 바뀌는 경우도 꽤 많았다. 몇 년 전 북한 평강 지역에서 규모 3.8의 지진이 발생했는데, 다음 날 오후 4시가 넘었을 무렵 기상청에서 상세 분석 자료를 보내준 적이 있다. 당시에는 그 지진이 북한의 핵실험으로 발생한

인공 지진인지 아니면 자연 지진인지에 대한 관심이 높았다. 부장에게 보고하자 아이템을 바꾸는 편이 좋겠다고 해서 PD님, 작가님과 또 긴급 회의를 했다. 그날은 준비해둔 아이템을 아예 뒤엎고 평강 지진에 관한 설명으로 아이템을 바꾸었다.

열심히 준비했는데 당일에 코너가 빠지는, 이른바 '킬'이 된 적도 꽤 있었다(아이템이 큐시트에서 빠지는 경우를 '킬됐다'고 표현한다). 사회·정치 이슈가 커서 정해진 뉴스 분량이 넘치거나, 그에 견주어 날씨와 관련해 별 내용이 없을 때, 또는 '날씨박사' 아이템이 뉴스 분위기와 맞지 않을 때 종종 킬이 되곤 했다.

가장 기억에 남는 건 2020년 7월 9일, 서울 시장이 실종됐을 때다. 그날 '날씨박사'에서는 일본과 중국에 기록적 폭우가 쏟아진 소식을 아이템으로 정했다. 당시 중국에서는 후베이성 등 4개 성에 50년 만에 가장 많은 비가 쏟아졌고, 일본 구마모토현에서는 하루 강수량이 관측 이래 최고치를 기록했다. 그래서 이와 관련해 우리나라 장마 상황은 어떤지를 설명하고 분석하는 내용이었다.

그런데 뉴스 대부분이 시장 실종 이야기로 채워

지면서 제작해둔 리포트들이 빠지기 시작했다. PD님과 작가님 모두 '날씨박사'는 어떻게 되는지, 오늘은 '킬'되는지 여부를 제작부에 계속 확인하며 준비했는데, 일단은 그대로 진행한다는 말을 들었다. 뉴스 분위기로 보건대 킬될 가능성이 높아지고 있지만, 혹시 모르니 준비를 마치고 스튜디오 옆에서 대기하고 있었다. 코너 시작 시간 5분 전, 아무래도 그날 뉴스와는 분위기가 맞지 않아 '날씨박사'를 빼는 게 낫겠다는 목소리가 들렸다. 그렇게 출연 2분 전에 '날씨박사'가 킬되면서 나는 세 줄짜리 날씨 단신을 급히 작성하고 퇴근했다. 물론 그날 하기로 했던 아이템은 그다음 주 월요일에 더 보완해서 내보냈지만, 끝까지 갔다가 킬이 된 그때 상황은 '뉴스는 정말 생방송이다'라는 사실을 실감한 기억으로 남아 있다.

식상하면 안 돼,
영상과 연출로 극복!

취재한 아이템을 방송 리포트로 만들고 싶을 때 맨 먼저 하는 작업은 바로 영상 찾기다. 방송은 기본적으로 영상이 있어야 리포트를 제작할 수 있기 때문이다. 영상이 없으면 다른 방식으로라도 영상을 연출해낼 방법을 찾아야 한다. 아무리 아이템이 괜찮아도 적합한 영상이 없으면 방송 리포트로는 나가지 못하는 경우가 많다.

기상이나 기후 아이템은 이런 점에서 참 어렵다. 물론 그래픽으로 이어갈 수도 있지만, 그러면 너무 지겹고 왠지 뉴스로 와닿지 않는 느낌이랄까? 외국 뉴스가 나오기만 해도 먼 나라 이야기로 느껴지는 마당에 그래픽만 계속 나오면 '우리 주변에서 벌어지는 이야기’가 아니라 ‘다른 세상 이야기’로 느껴질 것이다. 그래서 방송 뉴스에서는 늘 ‘생생한 현장 영상’을 가장 중요시한다. 기자가 읽는 리포트를 듣지 않아도 영상을 보자마자 무슨 내용인지 알 수 있게 만들어야 좋고, 멘트와 영상이 맞아떨어져 방송이 물 흐르듯이 진행되면 보는 사람도 집중할 수 있기 때문이다.

‘날씨박사’를 하면서도 이런 고민이 컸다. 물론 내가 직접 출연하는 코너여서 그래픽으로 설명해가며 진행할 수 있어 리포트를 만들 때보다는 압박이 덜했다. 그렇지만 우리 주변에서 일어나는 일이라는 것을 보여주려면 그래픽보다는 영상이 있는 게 좋고, 최소한 사진이라도 있는 편이 좋기 때문이다. 또 날마다 방송하는 코너인데 매일같이 그래픽으로만 진행하면 식상할 수 있다는 것도 걱정이었다.

남극에서 해빙이 심각하게 녹아내리고 잔디가 자라난다는 아이템을 할 때였다. 최근 들어 극지방에서 이례적인 현상이 자주 나타나고 있는데, 사람이 많이 살지 않아 영상을 구하기가 쉽지 않았다. 그래서 남극에 있는 사람을 찾아 화상 인터뷰를 해보자고 의견을 모았다. 이를테면 어떤 사건 목격자의 말을 듣는

것과 같달까.

다행히 우리나라 극지연구소가 남극에 기지를 두고 있고, 꽤 오랫동안 남극에 왔다 갔다 한 연구원들이 있었다. 그 연구원들 또한 근래에 남극에서 나타나고 있는 현상을 심각하고 이례적으로 생각해 영상이나 사진으로 찍어둔 덕분에 인터뷰도 하고 영상도 얻을 수 있었다. 남극에 있는 분을 실시간으로 연결해 인터뷰하는 형식으로 진행했는데, 그때 날씨가 나빠서 화질과 음질이 좋지 않았다. 그래도 그래픽과 숫자로만 보도하는 것보다는 훨씬 좋았다. 구구절절한 여러 문장보다 한 장의 사진, 하나의 영상이 훨씬 효과가 좋다는 점을 다시 한번 느낀 아이템이었다. 나 또한 남극 상황을 더 자세하고 생생하게 알 수 있었으니 말이다.

기상·기후를 다루는 방송의 고충은 비슷한 내용이 반복되는 듯 보이기 때문에 시청자가 식상하기 쉽다는 점이다. 사실 기후란 어떤 사건처럼 현장이 있지도 않고, 현상이 서서히 바뀌기 때문에 '사건 현장'처럼 강렬하게 포착되는 모습이 따로 없다. 그래서 현장에 나가 보여주기가 쉽지 않으며, 보여준다 한들 내용이 크게 달라지지도 않는다. 이러한 아이템 중에 대표적인 게 바로 과일 같은 작물의 변화다.

사과와 귤 같은 과일의 재배지가 지구 온난화로 인해 점점 북상하고, 과일의 품질도 떨어진다는 아이템을 다루는 날이었다. 그런데 이 소재는 지난 몇 년간, 아니 어쩌면 20년 넘게 꾸준히 나왔던 이야기다. 그럼에도 다루지 않을 수 없는 이야기라, 아이템으로 정했을 때 고민이 많았다. 해당 아이템은 사과에 관한 내용이었는데, 기후 변화로 인해 사과가 점점 빛깔을 잃고 품질이 떨어져간다는 것이었다.

어떻게 보여줘야 좀 더 신선할까, 어떻게 연출해야 좀 더 새롭게 느껴질까, 회의에서 궁리한 끝에 사과를 직접 보여주는 것으로 결정했다. 선명한 빨간빛이 도는 사과와 상대적으로 노랗고 희멀건 사과를 사다가 각각 반으로 자른 다음에 한쪽씩 하나로 합쳐서 보여주자는 아이디어였다. 사과 이야기가 나오면 먼저 사과의 빨간 쪽을 클로즈업했다가 사과를 반대편으로 돌려 노랗고 희멀건 쪽을 보여주기로 했다. 도입부에서는 친근감 있게 들어가기 위해 우리가 기존에 알고 있던 백설 공주와 '원숭이 엉덩이는 빨개' 등

‘빨간 사과’ 이야기를 곁들이고, 우리에게 익숙한 빨간 사과가 이제는 점점 사라지고 있다는 설명을 덧붙였다. 카메라 구도를 평소와 다르게 잡아야 하고 색이 다른 사과들을 급히 사와야 해서 평소보다 시간이 부족했지만, 식상하지 않은 괜찮은 연출이었다고 평가받아 기분이 좋았다. 물론 지구 온난화는 기분 좋은 일이 아니지만 말이다.

기상전문기자의
평범한 24시간

　기상전문기자에게는 이른바 성수기와 비수기가 있다. 성수기는 위험 기상이 많은 여름철과 겨울철, 비수기는 봄철과 가을철이라고 할 수 있다. 최근 들어 봄에 산불이 워낙 많이 나는 탓에 봄도 성수기가 되긴 했지만…. 성수기에는 정말 정신이 없다. 아니, 정신을 바짝 차려야 한다.

　매일매일 기상청 날씨 통보문과 일기도를 확인해야 하고 머릿속에는 항상 우리나라 날씨의 흐름이 있어야 한다. 언제 어디에 비가 예보됐고 바람은 언제 강하며 장마는 언제 시작하고 등, 전반적인 날씨 상황이 머릿속에 있어야 갑자기 리포트를 맡거나 분석을 해야 할 때 재빨리 리포트를 제작할 수 있기 때문이다. 날씨에 관해 취재할 때도 흐름을 웬만큼 파악해둬야 집중호우나 장마 또는 태풍에 대한 기획성 리포트를 발제할 수 있으며, 인터뷰할 때도 질문하기가 훨씬 수월하다.

다른 때는 몰라도 최성수기라 할 수 있는 여름철에는 날씨 상황을 확인하는 것으로 하루를 시작한다. 통보문과 일기도, 레이더 영상을 살펴보면서 현재 상황은 어떤지, 밤사이에는 어땠는지, 기상청 예보는 잘 맞았는지, 날씨가 예보와 달랐다면 왜 다른지도 알아본다.

지금 내가 근무하는 KBS는 재난 방송 주관 방송사이기 때문에 재난 방송, 특보를 정말 잘해야 한다. 그래서 여름철에는 특보에 필요한 새로운 그래픽이나 출연 방식 등을 고민하면서 사전에 미리미리 준비한다. 더군다나 최근에는 여름철에 장마를 포함해 워낙 폭우가 잦기 때문에 실시간 상황을 계속 파악하는 게 중요하다.

내가 속해 있는 KBS 재난미디어센터에는 아주 특별한 시스템이 있다. 기상전문기자이신 김성한 선배가 구축한 '집중호우 알림이' 시스템이다. '집중호우 알림이'는 시간당 50mm의 폭우가 내린 관측소를 문자로 알려준다(최근엔 여름에 시간당 50mm가 넘는 비가 너무 잦아져 기준이 상향됐다). 레이더 영상을 온종일 계속 지켜볼 수는 없는 노릇이라 알림이가 문자를 보낼 때마다 레이더 영상을 보며 상황을 파악하곤 했다.

2023년 여름 장마 때의 일이다. 여름철, 특히 장마철에는 저녁 약속을 잘 잡지 않는 편인데 그날은 오랜만에 지인들과 저녁 약속이 있었다. 퇴근 전에 기상청 예보도 확인했고, 레이더 영상에서도 특별히 강한 비구름이 보이지 않아 나름 가벼운 마음으로 약속 장소로 향했다. 그런데 저녁을 다 먹어갈 즈음, 문자가 쉬지 않고 오기 시작했다. '집중호우 알림이'가 보낸 문자였다. 레이더 영상을 급히 확인해보니 호남 지역에 비구름이 잔뜩 발달해 있었으며, 비는 밤늦게까지 이어질 게 분명해 보였다. 결국 나는 다시 회사로 갔고, 도착한 지 얼마 지나지 않아 특보를 했다. 그러고는 비 상황이 조금 나아질 때까지 대기하다가 퇴근했다. 술을 마시지 않아 다행이라는 생각과 함께 기상청 예보를 곱씹으면서….

그렇다고 날씨가 상대적으로 좋은 봄이나 가을에

마음이 편한 것도 아니다. 이때는 또 다른 스트레스가 있다. 날씨에 이슈가 있어야 발제를 하고 리포트도 할 텐데, 날씨가 좋으면 사람들의 관심도도 떨어지고, 아이템을 찾기가 매우 어렵다. 그래서 날씨에 국한하지 않고 기후 위기나 환경 쪽으로 취재하곤 하는데, 이 또한 시의성에 걸맞게 발제하기가 쉽지 않다. 앞서도 말했지만 기후라는 게 현장이 명확하게 있는 것도 아닐뿐더러 전적으로 새로운 이야기도 아니기 때문에 더욱 쉽지 않다. 그나마 날씨가 좋으면 갑작스런 특보가 잡힐 가능성이 낮아 퇴근을 일찍 할 수 있어서 좋다고 해야 할까?

퇴근 후에는 무얼 하느냐는 질문을 종종 받는다. 집순이인 나에게는 답하기 가장 어려운 질문이다. 집에서도 레이더 영상을 보는 거 아니냐는 농담도 듣는데, 다행히(?) 그 정도는 아니다. 별일 없는 날에는 운동을 하려고 한다. 가장 큰 이유는 집에 있다고 해서 아이템이 뚝딱 나오지 않는다는 사실을 깨달았기 때문이다. 그러느니 운동을 해서 체력을 키워야겠다고 생각한 것이 우연치 않게 아이템을 찾는 데 좋은 계기가 됐다.

　　같이 운동하는 분들(이분들은 내가 기상전문기자인지 모른다)이 날씨 이야기를 종종 하는데, 이게 나에게는 대중이 날씨에 대해 뭘 궁금해하고 어떻게 느끼는지, 또 날씨 정보를 어떻게 접하는지, 어떤 이상한(?) 정보가 온라인에 돌아다니는지 등을 알 수 있는 좋은 기회가 되었다. 요즘 날씨가 하도 이상해서 무슨 옷을 입어야 할지 모르겠다, 옷 사기가 점점 어렵다는 대화를 듣고 '기후 변화로 옷 판매 전략이 많이 바뀐 사례가 있을까?' 하는 궁금증이 생겨 취재를 하기도 했다. 물론 온라인 커뮤니티 같은 공간에서도 행간을 읽을 수 있겠지만, 이 직업은 역시 사람을 많이 만나야 좋다는 것을 다시 한번 느꼈던 계기 중 하나였다.

'휴가'

기상전문기자가 마음 편히 휴가를 보낼 수 있는 시기는 날씨 이슈가 없을 때다. 태풍도 집중호우도 없고, 폭염이나 한파 같은 위험 기상이 없는, 전혀 이상하고 이례적이지 않은 평범한 날씨가 이어져 마음까지 편한 그런 시기. 긴 휴가뿐만 아니라 하루이틀을 쉬더라도 날씨가 좋은 날 쉬어야 몸과 마음이 편하다. 물론 날씨 이슈가 있을 때 휴가를 낸다고 해서 뭐라는 사람은 아무도 없다. 미리 정해놓았는데, 날씨를 보고 일부러 휴가 일정을 잡은 것도 아닌데, 어쩔 수 없지 않은가? 그리고 그런 경우엔 오히려 휴가를 간 사람이 더 마음 불편할 것을 알기 때문이다.

휴가는 미리 정할수록 비용이 덜 들어서 좋다. 그

런데 일기 예보는 대개 3일 정도가 가장 신뢰할 만하고, 길게 봐야 10일이며, 그 뒤로는 정확도가 급격히 떨어진다. 휴가를 마음 편히 쓰려면 날씨와 눈치 게임을 해야 한다. 특히 8~9월에 태풍이 발생해 북상하기라도 하면 10일 예보는커녕 3일 뒤 날씨조차 제대로 파악하기 어렵다.

잠시 TMI를 말하면, 개인적으로 기상 예보의 꽃은 태풍 예보라고 생각한다. 발생해서 사라질 때까지 며칠씩 걸리는 데다, 오래 사는(?) 만큼 주변 기압계와 주고받는 영향이 많기 때문에 예보하기가 정말 까다롭다. 북쪽에서 기압골이 언제 내려오는지와 같은 요인에 따라 우리나라 상륙 여부가 달라질 정도로 태풍에는 변수가 정말 많다.

그렇지만 예보하기 어려운 만큼 태풍은 매력적인 기상 현상이다. 태풍이 생기는 순간의 위성 영상을 볼 때마다 자연의 경이로움을 느끼곤 한다. 그 넓은 바다에서 소용돌이 하나가 발생해 거대한 구름대가 만들어지는 모습이란! 또 태풍이 강하게 발달해서 또렷한 '태풍의 눈'을 만들 때면 기상학에서 배운 내용이 실재한다는 것을 체감할 수 있달까.

봄에는 산불이 언제 어디서 얼마나 크게 날지 모르고, 여름에는 장마, 집중호우, 태풍이 있다. 겨울은 연말연시에 설 연휴가 있기도 하고, 추워서 휴가를 내기에는 영 별로다. 그래서 날씨가 평범하고 좋을 것으로 예상되는 5월이나 10월이 휴가 쓰기에 가장 적당하고 마음이 편하다. 그렇지만 요즘엔 5월에도 산불이 나고 10월에도 태풍이 오기도 해서 방심할 수 없다.

한번은 10월 상순에 휴가를 길게 썼는데, 9월 말에 태풍 하나가 갑자기 생겨버렸다. '끄라톤'이라는 이름의 그 태풍은 필리핀 북동쪽 해상에서 생겨나 남쪽으로 내려가는 듯했다. 그러나 타이완 동쪽 바다를 지나자 경로를 바꿔 우리나라 쪽으로 북상한다는 예보 통보문이 나왔다. 이 예보대로라면 내가 휴가를 보내는 동안 태풍이 우리나라에 영향을 주는 시나리오였다. 그럴 때는 KBS는 특보조를 짜서 태풍 특보조 근무가 교대로 돌아가게 된다. 아무리 휴가 중이라 해도 마음이 불편해질 게 뻔하니 태풍이 우리나라로 오지 않기를, 오다가 약해지기를 간절히 바랐다. 물론 나 한 명 빠진다고 큰 어려움이 있는 것은 아니지만, 그럴 때 휴가를 가면 기분이 찜찜하다.

기상학자로서 과학자로서 이런 말을 하긴 좀 그렇지만, 내 바람이 통했던 걸까? 휴가 전날 태풍이 열대저압부로 약해졌다. 처음 예상보다 타이완 방향으로 틀었기 때문이다. 다행히 날씨와의 눈치 게임에서 승리해 마음 편히 휴가를 다녀올 수 있었지만, 앞으로는 하반기에 휴가를 낸다면 10월 하순이나 11월로 정해야겠다고 다짐하게 됐다.

구름을 감상하는
사람들의 모임

'하늘' 하면 자연스레 같이 떠오르는 게 바로 '구름'이다. 어린 시절 하늘을 그릴 때는 늘 곡선으로 연결한 하얀 구름을 그리곤 했다. 사람들이 SNS에 하늘 사진을 찍어 올리는 순간도 대부분 예쁜 구름이 떠 있을 때다. 구름에 열광하는 '구름 덕후'들이 모인 모임이 있다. 바로 '구름감상협회The Cloud Appreciation Society'다. 영국의 구름 덕후들이 만든 이 모임에는 영어 홈페이지까지 있으며, 전 세계의 많은 사람들이 가입해 있다. 나 또한 국내 구름감상협회 한국 지역 회원으로 활동하고 있다.

구름은 기본적으로 10종으로 나뉜다. 낮은 고도에는 층운·층적운·난층운이 있고, 중간 고도에는 고

층운과 고적운, 높은 고도에는 권적운·권운·권층운,
그 밖에 적운과 적란운이 있다. 양떼구름이라고 불리
는 구름은 고적운이며, 깃털구름이라고 불리는 구름
은 권운이다. 구름은 정말 다양하고 아름다운 장관을
연출하기도 한다. 구름감상협회 홈페이지를 방문하
면 구름을 사랑하는 세계 각국의 사람들이 사진 찍어
올린 수천, 수만 가지 구름을 볼 수 있다.

　주변의 구름 덕후들 덕분에 알게 된 이 무궁무진
한 구름의 세계는 정말 놀라웠다. 구름감상협회 홈페
이지에서는 구름 사진을 찍어 올리면 구름을 감별해
주기도 하고, 나름의 미션도 제시한다. 예를 들어 '거
친물결 구름 찍기', '채운 찍기', '말발굽 모양 구름
찍기' 등의 미션을 수행하면 '별'을 받아 등급을 올릴
수 있다. 보기 드문 구름 사진을 올리면 그달의 구름
이라든지 그해의 구름으로 뽑아서 매년 발간하는 구
름 잡지나 달력에 실어주기도 한다. 가끔 '구름멍'을
때리고 싶을 때 구름감상협회 홈페이지에 들어간다.
세계 각국에서 올라온 구름 사진을 보다 보면 나름
세계 여행을 한 기분이 들고 힐링이 된다.

　무지갯빛 구름들도 예쁘지만, 구름 갤러리에서

'어떤 모양을 닮은 구름Clouds that look like things'을 모아 보면 사람들의 순수함이 느껴진다. 구름을 보며 고래나 토끼를 닮았다고 생각하던 시절의 순수한 마음이 되살아나는 느낌을 받을 수 있다. 뿐만 아니라 우리나라에서는 잘 볼 수 없는 구름이나 정말 그림 같은 구름도 볼 수 있다. 구름은 햇빛과 함께 장관을 연출하는데, 빛의 각도에 따라 달라지는 다양한 모습이 자연의 작품 같다는 생각이 들곤 한다.

구름감상협회 홈페이지에 올라오는 다양한 구름 사진을 시청자와 공유하고 싶어 '날씨박사'에서 몇 번 소개하기도 했다. 또 사람들에게 구름을 보는 즐거움, 구름에 관한 토막 지식을 알려주고자 구름을 다룬 아이템을 몇 번 방송하기도 했다.

구름에 관한 제보도 많이 받았다. 많은 사람들이 사진을 제보했는데, 그중 가장 많았던 구름이 바로 '햇무리'였다. 햇무리는 길운을 가져다주는 징조라고들 한다. 흔히 볼 수 없기 때문에 이 햇무리를 보는 사람은 행운을 얻는다고 하는데, 사실은 봄철 하늘에서 자주 볼 수 있는 현상이다. 상층의 찬 공기가 내려와 맑은 하늘이 생겼을 때, 쾌청한 봄 날씨에 제법 자주 볼 수 있다. 이 햇무리도 종류가 다양하다. 햇무리가 생기는 각도에 따라 22도 햇무리, 46도 햇무리 등이 있으며, 태양과 거의 수평으로 나타나는 무지갯빛 점 'sundog' 유무도 관전 포인트다. 코로나 팬데믹 시기에 행운의 상징이니 다 같이 힘내보자며 햇무리 사진을 보내주신 분이 기억에 남는다.

햇무리 다음으로도 제보가 많은 구름은 '비행운'이다. 비행운은 비행기가 지나간 뒤에 생기는 길다란 띠 모양의 구름이다. 국내에서는 비행기가 같은 시간에 많이 다니지 않아서 주로 한 가닥만 생기지만, 유럽 하늘에서는 비행운이 거미줄처럼 엮인 광경을 종종 볼 수 있다.

그런데 이 비행운을 특이한 구름으로 여기고 제보해주는 분이 많은 편이다. 이를테면 지진운 같다든가 뭐가 추락하는 것 같다는 제보가 많다. 비행운이 어떻게 보면 땅에서 솟아오르는 듯이 보이기 때문에 지진과 관련돼 오해받는 것 같다. 그렇지만 지진의 전조 기운이 하늘의 파동이나 물방울과 반응한다는 사실은 과학적으로 증명되지 않았고, 아마 앞으로도 증명되지 않을 것이다. 또 일몰 무렵에 비행기 뒤

로 생기는 짧은 비행운이 햇빛을 반사하며 붉게 보이면 마치 어떤 물체가 불꽃을 뿜으며 추락하는 것 같기도 하고 유성이 떨어지는 모습처럼 보여 제보가 들어오는 경우가 많다.

이제야 솔직히 말하건대, 구름덕후여서 업무에 차질이 생긴 적이 있었다. KBS에 입사한 지 1년쯤 지난 2022년 12월 30일이었다. 퇴근 시간이 되어갈 무렵에 갑자기 제보가 쏟아졌다. 전국 각지에서 하늘로 솟구치는 무지갯빛 구름을 목격했다는 제보들이었다. 나는 제보 사진들을 보면서 '오! 트와일라잇 이펙트네! 발사체 같은데 어디서 발사된 거지' 감탄하며 구름감상협회 회원들과 해외 사례 등 정보를 교환했다. 기자라면 얼른 기사로 써서 설명했어야 하는데 말이다. 아름다운 구름을 감상하느라 정신이 팔려서 부끄럽게도 기사로 쓰지 않았다. 발사체라고 발표된 순간부터는 리포트로 만들거나 디지털 기사로 썼어야 했는데…. 덕후 기질이 기자 정신을 앞서버려 반성했던 에피소드였다.

다시 또

새로운 곳으로, 이직

JTBC에 기상전문기자로 있으면서, 또 '날씨박사' 코너를 진행하면서 어느 순간 내 정체성에 의문이 생겼다. '나는 기자인가?', '일을 하는 목적이 뭐지?'. 사실 언론계로 오게 된 계기가 기상학을 전공하겠다고 마음먹은 계기에 비해서 약했기 때문에 목적이나 목표 없이 떠다니는 느낌이 들었다. JTBC의 첫 기상전문기자이니 'JTBC 기상전문기자는 이렇다'라는 틀이 없었고, 그 틀을 오히려 내가 만들어야 하는 입장이었다. 하지만 그러기에는 내가 아직 부족하다고 느꼈다. 같은 전공에 같은 분야에서 일하는 사람, 보고 배울 수 있고 조언을 구할 수 있는 선배가 필요했다.

평소 타사 모니터링을 하면서 재난 방송 주관 방

송사인 KBS를 눈여겨봤다. 언론사 중 지상파 방송에
는 KBS와 SBS, 보도 채널에는 연합뉴스TV와 YTN에
기상전문기자가 있었다. 이 중에서 KBS에 기상전문
기자가 다섯 명으로 가장 많았고, SBS, 연합뉴스TV와
YTN에는 각각 두 명의 기상전문기자가 있었다. 방송
사마다 보도의 결이 각각 달랐는데, KBS 기상 보도가
담백하면서도 무게감이 있어 보였다. 특히 재난 방송
주관 방송사여서 그런지 기상 보도의 중요도가 다른
방송사보다 높았다. KBS의 재난 방송을 챙겨 보면서
KBS에 가면 기상전문기자로서 많이 배울 수 있을 것
같다는 생각이 들었다. 그러나 KBS는 2013년을 마지
막으로 기상전문기자를 채용하지 않고 있어서 기회
가 생기기만 막연히 바랄 뿐이었다.

막연한 바람이 열망으로 바뀌고, 머지않아 기회
로 나타났다. 시작은 '날씨박사' 코너를 끝낸다는 통
보였다. 초짜 티를 팍팍 냈어도 약 1년 동안 PD님, 작
가님과 나름 열심히 했던 코너였기에 아쉬움이 컸다.
사실 코너를 종영하는 것에는 별 불만이 없었다. 원
래 코너라는 게 사라지기도 하고 다시 생기기도 하는
거라는 사실을 잘 알고 있었기 때문이다.

그러나 코너가 없어지는 이유는 납득하기 힘들었다. 부장이 나를 회의실로 불러 "타사와 차별성이 없고, 시청률 성과가 없어서 코너를 없애기로 했다"고 통보했다. 당시 '날씨박사' 코너를 뉴스가 다 끝나고 광고 다음에 편성했는데, 시청자는 광고가 나오면 채널을 돌리기 때문에 시청률이 떨어진다. 그런데 시청률을 올려주길 기대했다는 말에 당황했다.

더욱 당황스러웠던 것은 타사와 차별성이 없다는 말이었다. '날씨박사'의 본래 기획 의도는 날씨만 전달하는 것이었다. 하지만 코너가 처음이기도 하고 방향을 잡아주는 사람이 없다 보니 기상, 기후와 관련된 아이템을 함께 엮어 풍성하게 해보자는 취지로 쉼 없이 아이템을 찾았다. 그렇게 어떤 아이템을 채택할지 머리를 싸매고 기온 하나라도 색다르게 방송하려 했는데, 그런 노력이 티끌만큼도 인정받지 못했다는 증거였다. 어찌 됐든 통보를 받고 2주 후 '날씨박사'는 마지막 방송을 했다.

그런데 인생사 새옹지마라 했던가. '날씨박사' 코너가 끝나고 얼마 안 되어 KBS에서 신입 기상전문기자를 채용할 예정이라는 소문이 들려오더니, 정말로

채용 공고가 올라왔다. 다만 신입 기자를 뽑는 거여서 처음에는 아쉬웠는데 다시 생각해보니 오히려 좋았다. 기상전문기자란 무엇인지 제대로 배우고 싶었던 나에게는 아예 신입부터 시작해 차근차근 배우는 편이 더 낫겠다는 생각이 들었다. KBS에 지원하기로 마음먹자, 혹시 소문이 날까 봐 걱정되었다. KBS에 지원한다는 사실이 소문이 나는 건 곤란했기 때문이다. '소문이 났는데 KBS에 불합격하면? 그래도 과연 JTBC를 다닐 수 있을까?'라는 생각도 들었다.

하지만 그때 나는 이직하고 싶은 마음이 너무나도 강했기에 '이직할 거라고 소문 났는데 떨어지면 그냥 학교로 돌아가버리지, 뭐!' 이렇게 각오했다. 그래서 정말 친한 지인이 아닌 이상 알리지 않고 비밀리에 이직 준비를 했다. 그렇게 마음먹고 나니 필기시험이나 면접을 보러 가는 날 태풍이 오거나 지진이 나서 출근이나 특보를 해야 하면 어쩌나 하는 걱정이 더 컸다. 그런데 다시 생각해봐도 그해는 하늘이 이직을 도운 해였다. 전해에 54일이나 이어졌던 장마가 2021년에는 짧게 끝났고, 태풍 또한 필기시험일을 피해서 우리나라에 영향을 주어 일정에는 변수가 없었다.

　문제는 바로 나 자신에게 있었다. 학위 심사 때보다, 방송할 때보다 훨씬 더 긴장됐다. 실무 면접과 최종 면접 때는 하도 떨려서 난생처음 청심환까지 사 먹었다. 그래도 채용 과정에 최선을 다한 나는 최종 합격을 했다.

　이직한 계기가 '날씨박사'가 사라진 것 때문인지 나중에 물어보는 이도 있었다. 하지만 그게 이유는 아니었다. 앞서 말했다시피 코너는 없어지기도 하고 다시 생기기도 하는 것이기 때문이다. 다만 내가 별로 필요한 존재가 아닌 것처럼 느껴져서, 나를 필요로 하는 곳으로 찾아갔을 뿐이다. 이로써 나는 JTBC에 입사한 지 2년 6개월 만에 퇴사하고, KBS에서 기상전문기자로 그리고 신입기자로 다시 시작하게 되었다.

4부

이상 기후

방심을 못하게 하는
'기후 위기'

　기상전문기자 업무에 익숙해지려면 최소 3년은 걸린다고 들었다. 사계절을 적어도 세 번은 돌아야 어떻게 흘러가는지 파악할 수 있기 때문이다. 봄에는 이런 주제로, 여름에는 저런 주제로 등등, 계절마다 반복되는 아이템이 있어서다. 그런데 나는 여전히 어렵게 느껴진다. 익숙해질만 하면 예상치 못한 새로운 일이 벌어진다. 바로 '기후 위기'라고 불리는, 지구 온난화의 영향으로 일어나는 극단적인 현상들 때문이다.

　'집중호우'만 해도 그렇다. 집중호우는 내가 수업을 들을 때만 해도 '좁은 지역에 내리는 시간당 30mm 이상의 강한 비'라고 정의했다. 사실 시간당

30mm도 자동차 운전 시 시야를 방해할 만큼 세차게 내리는 비다. 기상청의 호우 특보 기준만 봐도 알 수 있다. 호우 주의보는 3시간 강우량이 60mm 이상으로 예상되거나 12시간 강우량이 110mm 이상으로 예상될 때 내려지는데, 시간당으로 따지면 20mm 안팎이다. 얼마나 오랫동안 내리고 집중적으로 강하게 내리느냐도 포함되겠지만, 예전 연구에서 집중호우라고 분석할 때는 시간당 30mm를 기준으로 잡곤 했다. 그런데 요즘엔 내렸다 하면 시간당 30mm는 기본이다. 특히 여름철에는 소나기조차 시간당 80mm라는 그야말로 폭우 수준으로 내린다.

2022년 서울 동작구에는 시간당 141.5mm라는 정말 어마어마한 비가 쏟아졌다. 정말 잊을 수 없는 날이다. 그날은 오전에 인천에서부터 강한 비가 쏟아져 갑작스레 철야 근무를 하게 되었다. 점심을 먹고 일찍 퇴근해 집에서 한숨 자고 다시 출근해야 하는데, 레이더 영상을 보다 보니 잠들 수가 없었다. 뉴스와 레이더 영상을 번갈아 보면서 계속 이 생각만 들었다. '서울에 1시간에 141.5mm? 이걸 어떻게 설명해야 하지?' 믿기지 않는 수치를 보며 뜬눈으로 누워 있다가 출근했다.

　강우의 강도뿐만 아니라 누적되는 비의 양도 놀라울 때가 많다. 제주도 산지는 지형의 영향을 받아 본래 비가 많이 오는 지역인데, '이렇게 많이 내렸다고?' 싶을 정도로 예상보다 훨씬 많은 비가 내리는 경우가 점점 빈번해졌다. 이런 일은 아마도 기상청이 제일 먼저 느꼈을 것이다. 기상청 통보관 말에 따르면, 요즘에는 강우 강도나 강수량을 예보할 때도 논의를 자주 한다고 한다. 예전 같았으면 시간당 50mm가 예상된다고 하면 말이 되는 소리를 하라고 했는데, 이제는 대수롭지 않게 받아들이면서 더 강하게 많이 내릴 가능성까지 염두에 두고 분석해본다고 한다. 실제로 통보문에 시간당 100mm의 비가 예상된다고 공식적으로 처음 적힌 게 2020년 최장 장마 때라고 알고 있다.

　이상 기후는 비에서만 나타나는 게 아니다. 기상 전문기자의 '성수기'는 여름이고, 그다음은 겨울이었다. 봄과 가을은 비성수기로 비교적 여유 있는 시기로 여겨졌는데, 이제는 그것도 옛말이 되었다. 바로 산불 때문이다. 한번 났다 하면 오랜 기간 큰 상처를

입히는 산불이 최근 들어 정말 자주 나고, 그 피해 면적 또한 넓다. 물론 한국에서 산불의 원인이 사람들이 실수로 불을 내는 '실화' 또는 '소각'이어서 기후 변화의 영향이 아니라고 보는 시각도 있다. 그렇지만 이제는 일단 산불이 났다 하면 이전과 다르게 마치 들불 번지듯이 순식간에 퍼진다는 사실만큼은 분명하다. 예전에는 실화가 큰 산불로 번지는 경우가 열 번 중에 한 번이었다면, 지금은 두 번 이상은 되는 듯하다. 여기에는 아무래도 기후 변화가 큰 몫을 하는데, 기후 변화 탓에 건조할 때는 엄청 건조해지기 때문이다. 이미 강원 영동 지역은 기후대가 예전에 비해 고온 건조한 영역으로 변했다는 분석까지 있을 정도다.

산불 이야기가 나온 김에 더 하자면, 산불은 특보가 어려운 재난이다. 차라리 태풍이나 비는 예측이라도 할 수 있지만, 산불은 언제 꺼질지 예측할 수 없기 때문에 특보의 시작과 종료에 기약이 없다. 내가 이직한 뒤로 겪은 네 번의 봄 중 한 번을 제외하고 모두 산불이 엄청 발생했다. 심지어 첫해에는 이례적으로 6월에 대형 산불이 나기도 했다. 산불은 보통 아까시

나무 꽃이 필 무렵(4월 말~5월)에는 끝났다는 말이 있었는데, 이제는 밤꽃이 필 무렵(6월)까지는 산불을 조심해야 한다는 말까지 나온다.

　익숙해질 만하면 절대 방심을 하지 못하는 이런저런 현상 때문에 지금도 나는 배움의 길을 걷고 있다. 봄은 봄답고, 여름은 여름답고, 가을은 가을답고, 겨울은 겨울다워야 하는데, 점점 그렇지 않은 것이 해가 갈수록 체감되어 걱정이다.

매년 종잡을 수 없는

그 이름, '장마'

여름철에는 여러 위험한 기상 현상이 있다. 그 중에서도 '장마'가 점점 갈피를 잡기 어려워지고 있다. 2020년에는 역대 가장 긴 장마 기간을 기록하며 폭우를 퍼부었고, 2021년에는 비교적 잠잠했다. 그러더니 2022년에는 다시 폭우를 쏟아부어 시간당 141.5mm라는 서울 지역 관측사상 가장 강한 비를 뿌리며 큰 피해를 입혔다. 이런 극한 기상 현상은 당분간 보기 힘들지 않을까 했던 예상은 2년 뒤에 바로 깨졌다. 2023년 7월, 전북 어청도에 1시간 동안 146mm의 비가 내린 것이다.

내가 어릴 때 교과서에서 배운 장마는 오호츠크해 기단과 북태평양 기단 사이에 만들어진 동서로

긴 장마 전선이 우리나라를 남북으로 오르내리며 여러 날 동안 계속 많은 비를 내리는 현상이었다. 장마를 취재하기 위해 최근 교과서와 자습서를 사다가 요즘에는 장마를 어떻게 설명하는지 찾아본 적이 있다. 교과서마다 설명이 다 달랐고 장마를 설명하지 않은 교과서도 있었다.

그렇지만 대부분의 사람들은 장마를 옛날 교과서에서 배운 대로, 또 단어의 의미 그대로 '여름철에 여러 날 계속해서 내리는 비'로 인식하고 있다. 여기에서 장마에 대한 오해가 생겨난다. 사람들은 종종 "옛날 장마 때는 비가 매일같이 왔었는데"라고 말하지만, 사실 장마 기간 중 강수 일수는 옛날과 견주어 뚜렷한 변화가 없다. 또 우리나라의 장마는 예전에 배운 것처럼 '오호츠크해 기단과 북태평양 기단 사이에서 생긴 전선 때문에 발생한다'는 설명으로 끝낼 수 있을 만큼 단순하지 않다.

'장마 현상'은 우리나라뿐만 아니라 비슷한 시기 일본과 중국에서도 나타난다. 동아시아에 몬순이라는 계절풍이 불기 시작하며 나타나는 현상이기 때문이다. 일본에서는 '바이우', 중국에서는 '메이유'라고

하는데, 지리적으로 반도와 섬, 대륙이라는 차이가 있는 만큼 각각 특징이 있다. 우리나라 장마는 대륙의 영향도 받고 바다의 영향도 받아서, 어찌 보면 바이우와 메이유보다 더 복잡하게 나타난다.

장마를 취재하다 보니 이제껏 교과서에 나온 설명, 그러니까 오호츠크해의 영향을 받는다는 설명은 오래전 일본 교과서에 실린 '바이우'에 관한 내용을 가져오는 과정에서 고착된 게 아닐까 하는 생각이 들었다. 그리고 요즘엔 장마가 끝난 뒤에도 비가 거세게 온다며 '우기'로 바꿔야 한다는 주장도 나오는데, 사실 우리는 장마를 아직 제대로 알지 못하기 때문에 시기상조라고 생각한다.

최근에 장마 특이기상연구센터가 생기면서 그동안 우리나라의 장마 사례를 분석한 결과에 따르면, 우리나라 장마의 유형은 크게 네 가지다. 우리가 알고 있는 기단과 기단 사이에 발생하는 전선에서 장맛비가 내리는 비율은 전체 장마 사례의 25% 이하였다. 대부분의 장마는 저기압과 관련된 경우가 많았는데, 그중에서도 중국 내륙에서 발달한 저기압이 우리나라를 지나면서 시작되는 경우가 많았다. 기자로 일하면서 살펴본 최근의 장마는 작은 저기압이 전선상에서 발달하면서 국지적으로 강한 비를 쏟고 있었다. 단순히 정체 전선이 오르락내리락하며 비를 뿌리는 게 아니라 생각보다 복잡한 조건 속에서 장맛비가 내리고 있었던 것이다.

여름이면 사람들은 "장마라면서 왜 비가 안 와?", "장마 끝났다더니 왜 비가 또 와?" 이런 이야기를 많이 한다. 장마가 시작되면 매일같이 비가 온다거나 장마가 끝나면 해가 쨍쨍하리라는 오해 때문인데, 실제로는 장마가 시작해도 비가 안 올 수 있고 장마가 끝나도 비가 올 수 있다. 장마는 매년 변화가 심한 현상, 그러니까 '경년 변동'이 심한 현상이기 때문이다. 요즘에는 여름철 비의 강도 자체가 강해지고 있기 때문에, 여름철 전반에 걸쳐 폭우가 내릴 위험이 높아지고 있다. 따라서 장마란 단순히 '비가 내린다, 안 내린다'가 아니라 '비가 자주 내릴 수 있는 환경이 조성된 상황'을 뜻한다고 보면 좋을 듯하다.

장마에 대한 또 다른 오해는 장마가 매년 같은 형태를 띨 것이라는 생각이다. 기후 변화 때문에 해마다 달라졌을 거라는 뉘앙스의 기사들이 쏟아지지만,

앞서 말했다시피 장마는 경년 변동이 큰 현상이라 해마다 다른 모습으로 찾아왔다. 그 사실은 장마에 관한 다양한 표현을 봐도 알 수 있다. 장마가 시작됐는데 비가 안 오는 경우는 '마른장마', 중부 지방이나 남부 지방 어느 한쪽에만 비가 많이 온 경우는 '반쪽 장마', 또 장마가 끝났다고 했는데 비가 더 오래 오는 것은 '2차 장마', 8월 말에서 9월 초에 찾아오면 '가을 장마'라고 한다. 정말 역설적이고 다양하게 표현할 수 있을 만큼 장마는 복잡하고 요상한 현상이다.

기후 변화로 인해 바뀐 장마 형태 중에 가장 확실한 것은 바로 강수 강도, 즉 비가 강해지면서 강한 비의 빈도가 늘어난다는 것이다. 기후 변화 때문에 기온이 높아지면 대기가 머금을 수 있는 수증기량이 늘어난다. 수증기량이 늘어나면 그만큼 비구름의 재료가 풍부해지고, 한꺼번에 많은 비가 쏟아질 수 있는 환경이 만들어진다(사실 그래서 꼭 장마에 국한된 것은 아니고, 강수 현상 자체가 강해지고 불확실성이 커지는 것으로 볼 수 있다). 장맛비를 거세지게 만드는 원인 중 하나가 서해와 동해의 해수면 온도 상승이라는 사실도 취재를 통해 알게 되었다. 해수면 온도가 높아지면 공기 중에 더 많은 수증기를 공급하게 되는데, 이를 바탕으로 비구름이 더 강하게 발달한다는 것이다.

장맛비뿐만 아니라 우리나라에 내리는 비의 강도 자체가 높아지고 있다. 학교에서 강의를 들을 때 만해도 '집중호우'는 시간당 30mm 이상이라고 배웠다. 하지만 요즘 시간당 30mm는 그냥 평범한 비가 됐다. 최근엔 시간당 50mm는 물론, 시간당 100mm의 비도 자주 관측됐다. 시간당 100mm는 정말 무시무시하다. 1시간에 72mm만 와도 피해가 발생할 확률이 매우 높은데, 강수 강도가 증가하면서 최근에는 폭우가 150mm 안팎까지 쏟아지고 있다. 이런 비는 거의 100년 또는 200년에 한 번 내릴 법하다고 분석되는데, 이제 과거 경험만을 토대로 재난을 예상하기 어려워진 것이다.

이렇게 강한 폭우를 보면 무력감마저 느껴진다. 2025년 장마 때가 그랬다. 남부 지방은 기상청이 장마 종료를 선언한 상태였는데, 강한 폭염 뒤에 형성된 정체 전선이 전국을 오르내리며 폭우를 쏟아내는 모습은 할 말을 잃게 만들었다. 7월 중순에 나흘가량 찾아온 폭우는 충남, 광주, 산청, 경기 북부를 지나며

쉴 새 없이 물폭탄을 퍼부었다. 그 기간 동안 기상청이 예보한 것보다 많은 비가 국지적으로 쏟아졌는데, '이런 비라면 예보가 정확했어도 피해를 피할 수 있었을까?'라는 생각이 들었다. 그동안 없던 패턴이 나타난 것도 아닌데, 너무나 거센 비에 피해가 속출하는 걸 보면서 방재 시스템이 그런 속도를 따라잡을 수 있을지 걱정스럽다. 어떻게 하면 사람들에게 경각심을 일깨우고, 어떻게 하면 사전에 위험 정보를 전달할 수 있을지 고민이 커진다.

불난 데 부채질하는 소년
‘엘니뇨’

2024년은 역사상 가장 뜨거운 해로 기록됐다. 넘으면 안 된다고 경고했던 마지노선인 1.5도를 넘어버렸다. 이 기준을 한 번이라도 초과한 해가 예상보다 일찍 온 것은 경종의 의미로 볼 수 있다. 그러잖아도 높아지는 전 세계 기온에 엘니뇨까지 가세하면서 바다 온도마저 유례없는 수치를 기록했다. 이를 두고 ‘차트를 벗어난 기록’이라고들 표현하는데, 섬뜩한 느낌을 주지만 딱 맞는 표현이라고 생각한다.

엘니뇨는 스페인어로 ‘남자아이’라는 뜻인데(라니냐는 ‘여자아이’라는 뜻이다), 이 엘니뇨에 대한 기준은 나라마다 아주 조금씩 다르다. 공통적으로는 열대 태평양 지역의 엘니뇨·라니냐 감시 구역에서 수개월

간의 평균 온도가 평년보다 높을 때를 말한다. 반대로 라니냐는 해수면 온도가 평년보다 낮을 때를 가리킨다.

사실 엘니뇨는 기후 변화가 초래하는 현상이 아니라 원래부터 있던 자연 현상인데, 열대 태평양 주변 지역은 물론 전 세계 곳곳에도 간접적으로 극한 기상 현상을 일으키기 때문에 감시 대상이다. 예를 들면 겨울철에 미국에서는 예년보다 강한 폭우를 부르고, 서태평양 지역에서는 예년보다 따뜻하고 건조한 날을 만드는 경향이 있다.

우리나라에서도 엘니뇨가 발달할 때는 초겨울에 평년보다 비가 많이 오고 따뜻해지는 경향이 있는 것으로 알려졌다. 그렇지만 우리나라는 발생 지역과 워낙 멀리 떨어져 있고, 엘니뇨가 어느 시기에 발달하느냐에 따라 분석이 달라져서 그렇게 강한 영향을 준다고 보기는 어렵다.

강한 엘니뇨와 라니냐는 서로 시소처럼 번갈아가며 나타나기도 한다. 라니냐 때는 서태평양에 열 에너지가 많이 쌓이는데, 라니냐가 끝나면서 그 열 에너지가 중·동태평양으로 옮겨가게 돼 엘니뇨 현상으

로 나타날 수 있기 때문이다. 라니냐가 지난 2020~
2023년에 연속으로 발생하면서 서태평양 바닷속에
는 이례적으로 많이 쌓였었는데, 이 때문에 당시에
2023년에 라니냐가 끝나고 봄에 발생할 엘니뇨는 역
사상 가장 강한 엘니뇨가 되리라는 전망이 나오기도
했다. 다행히 예상만큼 강한 '슈퍼 엘니뇨'급으로 발
달하진 않았지만(이 또한 이례적 현상이라는 말이 있다),
강하게 발달한 엘니뇨로 태평양이 데워진 탓에 전 세
계 평균 해수면 온도와 함께 기온도 덩달아 올라갔
다. 바닷물이 데워지면 쉽게 식지 않기 때문에, 엘니
뇨가 발생한 해의 기온보다는 이듬해의 기온이 더 높
아지는 현상이 나타난다.

　엘니뇨는 이상 기상 현상을 야기하는 원인으로
꼽히기 때문에 엘니뇨가 발생하면 이에 대한 취재를
계속할 수밖에 없었는데, 2023년 당시에 인터뷰한
엘니뇨 분야 전문가들은 모두 '내년(2024년)이 더 걱
정'이라고 말했다. 인터뷰를 하고 나면 '왜 하필 내가
기상전문기자일 때…'라는 생각이 머릿속을 스쳤다.
기후 변화, 기후 위기와 관련된 취재를 하거나 리포트
를 작성할 때면 희망적인 이야기를 할 수 없다는 무력

감(?)을 느끼곤 한다. 2023년에도 그랬고 2024년에도 그랬다. 슬프지만 앞으로도 그럴 수밖에 없을 것 같다는 생각이 든다.

하늘 아닌 땅이어도 긴장,
예측 불가 '지진'

기상전문기자로서 긴장해야 할 공간은 하늘뿐 아니라 땅속에도 있다. 바로 지진이다. 지진은 기상청 지진화산국에서 분석해 발표하기 때문에 기상청을 출입하는 기상전문기자는 지진에도 대비해야 한다. 내가 기상전문기자가 된 후로 아직까지는 경주(2016년), 포항(2017년) 같은 강한 내륙 지진이 발생하지 않았지만, 지진이라는 재난은 언제 터질지 예측할 수 없는 데다가 일단 강하게 발생하면 광범위한 피해를 입힌다. 지진은 잘 모르는 나로서는 지진이 발생한다는 상상만으로도 숨이 막힌다. 여기에 또 다른 긴장 요인도 있다. 바로 북한에서 발생하는 지진이다.

북한에서 발생하는 지진도 기상청에서 분석해 발

표하는데, 북한 지진은 '인위적 지진'일 때가 문제다. 이 인위적 지진은 주로 북한에서 핵 실험을 했을 때 발생하기 때문이다. 북한에서 핵 실험을 한 징후가 관측되면 특보를 편성해야 하며, 특보 때는 기상청이 발표한 분석 자료를 바탕으로 기상전문기자가 출연해야 한다. 지진파가 어떻게 관측됐으며 왜 인공 지진으로 분석됐는지 등을 빠르게 정리해서 보도해야 하는데, 이게 참 보통 일이 아니다. 북한의 마지막 핵 실험은 2017년에 있었기 때문에 아직 겪어보지 않았지만 생각만 해도 압박감을 느낀다.

사실 북한의 핵 실험은 자연 지진과 별다를 게 없다. 자연 지진과 마찬가지로 예측하기 힘들기 때문이다. 그래서 북한의 핵 실험 가능성이 언급될 때마다 스트레스를 받는다. 2022년에 북한의 핵 실험 가능성이 줄기차게 언급됐는데, 김일성·김정일·김정은의 탄생일은 물론 태양절 등 북한의 기념 행사일마다 긴장의 연속이었다. 혹시나 이번 주말에 하면 어떡하지? 오늘 점심시간에 하면 어떡하지…? 이뿐만 아니다. 북한 핵실험장이 위치한 풍계리 쪽 지도를 출력해서 갱도 위치를 파악하고, 어느 갱도가 6차 핵 실험

이후 폭파돼서 쓸 수 없는 상태인지, 어느 갱도에서 실험을 했는지, 이 정도 위력은 그동안의 핵실험과 비교해 어느 정도 규모인지도 정리해두어야 한다. 이 원고를 쓰고 있는 지금까지는 다행히 북한이 아직 핵실험을 하지 않았다. 덕분에(?) 내 책상 한편에는 갱도 위치를 표시한 풍계리 지도가 여전히 붙어 있다.

지진의 절대적인 크기는 '규모'로 나타내며, 규모가 클수록 강한 지진이다. 우리나라에서는 리히터 규모를 사용하는데, 규모가 1 차이만 나도 지진 에너지는 32배가 차이가 난다. 그렇지만 규모가 크다고 해서 사람이 느끼는 진동의 세기인 '진도'가 큰 건 아니다. 규모가 커도 아주 깊숙한 곳에서 발생하면 진도가 작을 수 있고, 규모가 작더라도 얕은 곳에서 발생하면 진도가 클 수 있다.

보통 진도 3~4가 되면 실내에서 많은 사람들이 느낄 수 있는 정도로 본다. 진도 5는 그릇이나 창문이 깨지고 불안정한 물체가 넘어지는 정도다. 2016년 경주 지진과 2017년 포항 지진이 각각 15km 깊이에서 규모 5.8, 7km 깊이에서 규모 5.4의 지진이었는데, 모두 진도 6을 기록했다. 진도 6은 모든 사람이 진동을

느끼고 일부 무거운 가구가 움직이고 벽의 석회가 떨어지기도 하는 정도의 진동이다.

내륙 지진뿐만 아니라 바다에서 나는 지진에도 촉각을 세워야 한다. 특히 동해 쪽, 일본 부근에서 일어나는 지진은 우리나라 동해안에 지진 해일을 일으킬 수 있기 때문이다. 2024년 1월 1일에도 일본 노토반도 부근에서 강진이 나자 우리나라 동해안으로 지진 해일이 밀려왔다. 일본 근처에서 발생한 지진이라 처음에는 나름 안심(?)했다가 우리나라에 지진 해일이 일어날 가능성이 있어서 급히 출근했다. 1993년 이후 첫 지진 해일이었는데, 다행히 2m 가까운 지진 해일이 발생했던 이전보다 해일의 높이가 낮고 피해도 없었다. 일본 지역에서 큰 해일이 밀려오려면 규모 7 이상, 수심 1,000m는 되어야 우리나라에 높은 지진 해일이 발생한다고 한다. 수심이 얕아서 지진 해일의 규모가 크지 않았던 것으로 분석됐다.

어느 정도 흔들림이 느껴지는 지진이 났을 때 언론사에서 공통적으로 겪는 일이 있다. 지진으로 인해 땅이 흔들렸다는 제보가 한바탕 들어오고 나면 그 뒤에는 대체로 지진운을 봤다는 제보가 들어오는 것이다. 지진운은 아직 과학적으로 밝혀지지 않은 현상이고, 지진운이라고 들어오는 제보들 대다수가 평상시에도 볼 수 있는 구름이기 때문이다. 특히 비행운 사진이 많이 들어오는데, 비행운은 비행기가 지나간 흔적이 길게 남은 것으로 흔하게 볼 수 있는 구름 형태다. 지진이 발생한 뒤에는 지진운을 다룬 기사가 나기도 하는데, 이를 볼 때마다 구름감상협회에서는 이 구름들이 지진운이 아니라는 논문이라도 내야 하지 않겠느냐는 우스갯소리를 하곤 한다.

한파는 왜?

　강한 한파가 찾아올 때 가끔 온라인상에서 보거나 듣는 말이 있다. "지구 온난화라면서 왜 이렇게 추워?" 이 말은 맞기도 하고 틀리기도 하다.

　먼저 틀린 점은, 지구 온난화로 추워지는 게 아니다. 지구 온난화의 영향으로 겨울철 기온은 상승하는 추세다. 1900년대 초반 기온만 봐도 엄청난 적이 많다. 생각해보면 한강도 더 오래, 더 두껍게 얼었던 영상을 쉽게 찾을 수 있다. 그럼에도 저 말이 맞는 점은 지구 온난화 때문에 날씨가 급격히 추워질 수 있다는 사실이다(기상도 마찬가지고 기후에서 가장 어려운 표현이 '~할 수도 있다'이다. 이 표현을 쓰긴 정말 싫지만, 과학적으로 기상학에서 예측은 가능성의 영역을 나타내기 때문에 저렇게 말할 수밖에 없다).

급격한 한파가 우리나라에만 닥치는 것은 아니다. 미국의 경우 중부 텍사스의 반도체 공장이 멈춰 버리고, 폭설로 인한 인명과 재산 피해가 거의 해마다 발생하고 있다. 지구가 온난해지는데 왜 이렇게 기록적인 한파가 몰려오는 걸까?

한파가 발생할 때 언론에서 많이 나오는 이야기가 바로 지구 온난화로 인해 북극이 따뜻해지고 있기 때문이라는 말이다. 북극과 중위도 지역 간의 기온 차이가 클수록 북극의 찬 공기를 가두고 있는 동-서 방향의 바람이 강하게 부는데, 북극이 따뜻해질수록 그 바람의 세기가 약해져서 중위도 쪽으로 북극의 찬 공기가 밀려 내려온다는 것이다.

사실 이러한 현상은 대기가 정체하는 현상인 '블로킹'과 밀접한 관련이 있는데, '블로킹' 현상이 발생하면 평소엔 동-서 방향으로 불던 바람이 남-북 방향으로 굽이치면서 북극으로는 상대적으로 따뜻한 남쪽의 공기가 유입돼 기온이 오르고, 중위도 쪽으로는 상대적으로 차가운 북쪽의 공기가 밀려 내려오기 때문이다.

최근 북극은 세계 다른 지역보다 약 4배 이상 빠르게 따뜻해져서 '북극 증폭^{arctic amplification}'이라는 말까지 나왔다.

"그렇다면 북극이 따뜻해져서 북극의 차디찬 공기가 계속 내려와 겨울은 더 추워지는 걸까?" 이렇게 생각할 수 있겠지만, 아니다. 위에서 말했듯이 지구 온난화로 기온은 꾸준히 상승하고 있다. 최근에는 2040년대 이후 이러한 '북극 한파'마저 줄어들 거라는 연구 결과까지 나왔다. 이처럼 전반적으로 기온이 오르는 것은 틀림없는 사실이다.

또 다른 겨울철 이슈 하나는 바로 '한강 결빙'으로, 항상 체크하는 아이템 중 하나다. "한강이 얼었다"는 말이 나와야 한겨울이라는 느낌이 들기도 한다. 몇십 년 전만 해도 날이 추워서 한강 물이 꽁꽁 얼고, 그 위에서 썰매를 타는 모습이 사진으로 남아있다. 그런데 최근에는 한강이 얼지 않는 겨울도 자주 있었다. 기자가 된 이후 약 4년 동안 두 해나 한강이 얼지 않았던 것으로 기억한다. 2024년 1월은 너무 따뜻해서, 그해에도 한강이 무결빙이지 않을까 하는 기대(?)와 걱정(?)이 있었다. 그래서 아이템을 '올

해도 한강은 무결빙 가능성 높음'으로 준비하고 있었
다. 그런데 1월 중순 이후 갑자기 북극발 한파가 찾
아오면서 장기간 추위가 이어졌다. '그동안 많이 따
뜻했는데 아이템 방향을 바꿔야 하려나' 하면서 한강
결빙 관측지인 한강 대교 근처를 얼씬대기도 했다.

한강은 통계적으로 아침 기온이 영하 10도 아래
로 내려가는 날이 4~5일 이어질 때 언다고 알려져
있다. 북극 한파가 물러가는 날 아침, 오늘만 버티면
'한강은 무결빙일 가능성이 높다!'고 생각하자마자
기상청에서 한강이 얼었다는 연락이 왔다. 내가 한강
무결빙으로 아이템을 준비하는 걸 알고 있어서 바로
전화해준 것이다. 전날 점심시간에 지나가면서 봤을
때도 분명 얼지 않았는데! 부랴부랴 결빙 광경을 찍
으러 갔는데, 과연 이걸 결빙으로 봐도 되나 싶었다.
얄따란 살얼음이 깔려 있는 수준이었기 때문이다. 돌
맹이를 던졌더니 너무 '첨벙' 빠져버리는 바람에 찍
은 장면을 사용하지 못할 정도였다. 관계자 인터뷰는
오후에 했는데, 인터뷰할 때도 한강 대교 아래 강물
은 아름다운 윤슬을 반짝이며 유유히 흐르고 있었다.
한강이 얼었다는 발표가 나도 이제는 예전처럼

꽝꽝 언 한강을 보긴 힘들다. 한강이 얼어 있는 기간도 옛날보다 짧아지고, 12월에 얼기 시작하던 한강이 이젠 1월에 어는 날이 많아졌다. 물론 개발 등으로 한강의 수심과 폭이 변한 데 따른 영향도 있겠지만, 확실한 건 앞으로 한강 결빙이 없는 해가 잦아지리라는 사실이다. 언젠가는 한강이 얼었다는 뉴스가 이례적인 사건으로 기록되는 날이 오지 않을까. 기상 재해가 아니라서 피해를 입지 않으니 간단한 소식 정도로 넘어가고 있지만, 이미 한강 결빙은 겨울이 얼마나 많이 변했고 변하고 있는지를 우리에게 알려주는 중요한 척도다.

한꺼번에 일찍 피는 봄꽃들,
자연이 보내는 '위험 신호'

추운 겨울이 가고 날이 풀린다고 느껴질 때쯤이면 어김없이 나오는 뉴스가 있다. 바로 봄꽃들이 피는 시기에 관한 뉴스다. 지구 온난화의 영향으로 기온이 전반적으로 오르면서 봄꽃들이 점차 일찍 피고 있다. 특히 봄꽃의 대표격인 벚꽃은 최근 들어 기록을 세우기 시작했다. 서울 벚꽃을 기준으로 2021년에는 역대 가장 일찍 피더니, 2023년에는 역대 두 번째로 일찍 피어났다.

벚꽃 개화는 기상청에서 관리하는 '관측 표준목'을 기준으로 개화 시기와 만개 시기를 기록한다. 서울은 종로구 송월동에 있는 기상청의 서울기상관측소 왕벚나무를 기준으로 한다. 63년째 서울의 벚꽃

기준을 담당하고 있는 이 왕벚나무는 매우 크고 아름답다. 이 나무의 한 가지에서 세 송이 이상의 꽃이 활짝 피었을 때를 '개화', 개화 이후 나무의 80%에 꽃이 피었을 때를 '만개'라고 본다.

기상청은 전국 곳곳 관측소에 '관측 표준목'을 두고 관찰하는데, 통계를 내본 결과 전반적으로 개화일이 앞당겨지고 있었다. 그 원인으로는 기후 변화와 도시화가 꼽히는데, 쉽게 말하자면 결국 기온이 올랐기 때문이다. 기온이 오르면 꽃은 일찍 필 수밖에 없다. 식물마다 꽃을 피우는 '적산 온도'가 있는데, 이것은 개화를 위해 쌓아 올리는 기온이다. 따뜻한 날이 많을수록 적산 온도가 빠르게 올라가고, 여기에 일조량까지 맞아떨어지면 꽃이 피는 것이다.

단순히 개화 시기만 앞당겨진 게 아니다. 남쪽과 북쪽, 즉 부산과 서울의 개화일 차이도 점점 좁혀지고 있었다. 벚꽃은 보통 남쪽에서 먼저 피어 점차 북상한다고 하는데, 이젠 그마저도 적용되지 않는다. 통계를 내보니 100년 전쯤만 해도 서울과 부산의 벚꽃 개화 시기는 평균 15.5일 정도 차이가 났는데, 최근 들어서는 6일밖에 차이가 나지 않았다. 역대 가장

이른 벚꽃이 핀 2021년에는 고작 이틀밖에 차이가 나지 않았다. 이런 결과에 놀라 더 취재해봤더니 이렇게 전국적으로 개화 시기가 비슷해지는 현상은 수천, 수만 년 동안 이어온 꽃과 곤충의 관계가 깨질 수 있는 위험성을 내포한다고 한다. 꽃이 피는 시기와 곤충이 활동하는 시기가 엇갈리면 결국에는 종 보전에 심각한 문제로 작용하기 때문이다.

또 다른 악순환도 있었다. 식물이 꽃을 일찍 피우면 생장 기간이 그만큼 길어진다. 이를 두고 예전에는 광합성을 더 오래 하니 탄소를 더 많이 흡수해서 오히려 좋은 게 아니냐는 주장도 있었다고 한다. 그러나 최근 분석에 따르면 개화 시기가 맞지 않으면 냉해 등 각종 피해에 더 노출되고 생산성이 떨어져 탄소 흡수 능력도 떨어진다고 한다. 이른 개화가 단순히 '일찍 꽃이 피었다'는 현상에 그치는 것이 아니라 생태계와 지구 온난화에까지 영향을 주는 '위험한 신호'라는 것이다.

2024년, 우리나라의 대표적인 벚꽃 축제인 군항제가 사상 처음으로 3월에 개최했다. 내가 대학생 때만 해도 중간고사 때문에 벚꽃놀이를 가지 못해 벚꽃

의 꽃말이 '중간고사'라는 우스갯소리를 했는데, 이
제는 그마저 과거의 이야기가 되어버렸다. 아름답게
만 보이던 벚꽃이 지금은 안타깝게 피어버린 꽃송이
로 보여, 마냥 꽃놀이를 즐길 수가 없게 되었다.

기후 위기로
사라지는 꿀벌들

2022년 봄, 78억 마리의 꿀벌이 사라졌다는 기사가 쏟아졌다. 단순한 폐사가 아니고 흔적조차 없이 사라졌다는 내용이었다. 무슨 일인가 싶어 취재해보았는데, 처음 나타난 현상인지라 섣불리 기후 위기 때문이라고 접근하지는 않았다. 아무도 원인을 모르는 상태에서 '기후 위기 탓'이라고 갖다 붙이는 것은 바람직하지 못하기 때문이다. 그래서 원인도 모른 채 기사를 쓰기 조심스러워 그냥 넘어갔다.

그리고 2년 뒤, 나는 꿀벌의 상태를 다시 살펴보았다. 폭염과 폭우가 꿀벌의 생태에 악영향을 준다는 연구 결과가 나왔기 때문에, 최근의 꿀벌 상황과 엮어 기사를 작성하려 했다. 그런데 처음부터 난관에

부딪혔다. 꿀벌이 얼마나 사라지고 있는지조차 제대로 파악되지 않고 있었기 때문이다.

17.5%와 55%. 양봉을 관리하는 농림축산식품부와 양봉업자들이 2022년과 2023년 월동기에 사라졌다고 생각하는 꿀벌의 비율로, 두 수치가 3배 이상 차이가 난다. 농림축산식품부에서는 표본 조사(687개 농가)를 통해 17.5%의 꿀벌이 사라졌다고 분석하면서, 월동 중 22% 안팎의 꿀벌이 사라지는 것은 자연적인 현상으로 판단한다는 미국의 사례를 덧붙였다. 그러나 양봉협회의 의견은 달랐다. 양봉협회가 자체적으로 조사한 결과, 더 많은 양봉장에서 평균 55% 안팎의 꿀벌이 사라진 것으로 나타났다.

원인은 모를 수 있다. 꿀벌 실종에는 매우 많은 복잡한 변수들이 연관되어 있기 때문이다. 진드기의 일종인 응애를 비롯해 농약, 살충제, 말벌, 거기에 기후 변화로 인한 기온 변동과 따뜻한 겨울 등 다양하고 복잡한 이유가 얽혀 있다. 하지만 얼마나 사라지고 있는지 파악되지 않는다니. 적어도 공식적으로 양봉장을 지정해 꾸준히 관찰해야 하는 게 아닐까?

공식적인 기준 자료가 없으니 취재에 어려움이

닥쳤다. 꿀벌이 얼마나 없어졌는지 밝히며 이야기를 풀어나갈 생각이었던 나는 아무 근거가 없다는 사실에 황당할 뿐이었다. 어느 언론사에서는 2024년도 봄에도 200억 마리의 꿀벌이 사라졌다는 기사를 냈는데, 출처인 양봉협회에 물어보니 올해는 전국적으로 제대로 조사를 하지 않아 조심스럽다고 답변했다. 200억 마리… 기삿감으로는 매력적인 수치였지만 통계적으로 의미를 두기 어려워 포기할 수밖에 없었다.

그래도 고민하다 보면 답이 나오는 걸까? 즐겨 보는 양봉 유튜브에 나왔던 '화분떡'이 떠올랐다. 화분떡은 꽃이 없는 겨울을 나는 꿀벌에게 주는 먹이인데, 그 매출을 보면 뭐라도 나올 듯했다. 찾아봤더니 한국양봉농협 조합장이 화분떡 판매량을 토대로 농가 피해를 알 수 있다고 언급한 기사가 있었다. 곧장 한국양봉농협에 연락해 최근 5년간 화분떡 1분기 판매량 자료를 받아보았다. 2020년 719톤에서 2023년에는 330톤, 2024년에는 370톤으로 절반가량 줄어든 것을 볼 수 있었다. 벌이 없으면 화분떡을 살 이유도 없을 것이다. 간접적이나마 이를 근거로 최근에 정말 많은 꿀벌이 사라졌다고 판단하여 기사로 내보냈다.

취재를 위해 양봉장 현장에 갔을 때도, 아직까지 정확한 원인을 모르고, 원인을 모르니 대책을 세울 수가 없어 힘들다는 이야기를 들었다. 꿀벌은 꽃을 피운 식물이 열매를 맺을 수 있게끔 수분을 해주는 수분 매개 곤충인데, 꿀벌이 없으면 자연 수분이 어려워진다. 실제로 취재하러 갔던 양봉장 옆 수박 재배 농가에서는 꿀벌이 사라진 이후 수박 생산량이 절반으로 줄었다고 한다. 또한 기후 변화 때문에 이동 양봉(남쪽에서 북쪽으로 차에 벌통을 싣고 꽃나무를 찾아 이동하며 양봉하는 것) 기간도 매우 짧아졌다고 들었다. 예전에는 경남에서 강원까지 약 6주에 걸쳐 이동 양봉을 했다면, 이제는 한 달도 안 되어 끝난다는 것이다.

단순히 꿀벌이 없어지는 것만 걱정되는 게 아니다. 꿀벌이 사라지면서 나타날 수 있는 연쇄 작용 또한 걱정이다. 수분 매개체인 꿀벌이 사라지면 사람이 일일이 수분을 해주거나 할 수밖에 없는데, 이렇게 되면 예컨대 인건비가 오르고, 인건비가 오르면 과일값 또한 자연스레 오를 것이다. 우리나라만의 일

이 아니다. 전 세계적으로도 사라지는 추세인 꿀벌이
보내는 신호를 아무 대책 없이 바라보고만 있어선 안
될 것이다.

점점 뜨거워지는

지구를 막을 방법은?

　　'지구 온난화' 하면 해마다 기온이 올라 극단적인 기상 현상이 빈번해진다는 이야기만 가득하다. 2050년까지 탄소를 줄여서 탄소 중립을 이루어야 한다는데 정말 줄일 수 있을지, 줄이면 기온을 낮출 수 있는지는 그동안 많이 다루어지거나 부각되지 않은 듯하다.

　　기상전문기자가 됐을 무렵, 지구의 기온이 오른다는 말은 수십 년 전부터 계속 나온 터라 뻔한 내용은 솔직히 다루고 싶지 않았다. 그렇다고 딱히 다른 대안이 마땅치 않아서 기후 이야기와 관련해서는 어찌 보면 방황한 셈이었다.

　　그러던 중 최근 들어 기류가 조금 바뀌었다. 아

마 2023년에 발간된 기후 변화에 관한 정부 간 협의체[IPCC] 보고서가 기존의 흐름과 달라진 영향을 받은 것으로 보인다. 인간의 활동 때문에 온난화가 얼마나 진행됐는지, 항상 과학적인 근거를 바탕으로 우울한 내용만 주로 발표하던 IPCC 보고서에서 처음으로 '기술' 이야기가 나왔다. 이회성 IPCC 의장은 우울한 이야기로 사람들에게 공포심을 조장해 온난화를 막을 수 있었다면 온난화는 진작에 멈췄다는 말과 함께 기술의 중요성을 강조했다. 신선한 생각이었다. 기술과 산업이 지구 온난화를 초래했지만, 그렇다고 해서 이제 와서 인류는 기술과 산업 없이는 살 수가 없다. 그렇다면 지구 온난화를 막는 방향으로 가는 기술과 산업을 일으키면 되는 것이다.

이런 내용을 취재하면서 최근 급성장하는 '기후 테크[Climate Technology]'라는 산업을 알게 됐다. 기후 테크는 IT 혁명 이후 새로운 혁명이라고 불리기도 하는데, 사실 아주 새로운 것은 아니다. 기존의 탄소 저감 기술이나 기후 변화 완화와 관련된 산업이 전부 기후 테크에 속하기 때문이다. 그렇지만 이렇게 하나의 범주로 묶여서 성장하고 있는 분야의 의미는 분명했다.

규모가 큰 산업 분야가 생기면 거기에 투자가 이루어져 돈이 몰리고, 그러면 사람들이 관심을 기울일 수밖에 없기 때문이다. 예를 들어 낡은 내연기관 트럭을 가져가면 전기차로 바꿔주는 서비스, 탄소 저감을 위한 식물성 대체육 사업, 콘텐츠 시대인 만큼 기후 행동 콘텐츠를 제작하여 사람들이 기후 대응 행동을 하게 만드는 사업도 다 기후 테크에 속한다. '관심＝돈'이라는 점이 한편으로는 씁쓸하지만, 이렇게 기후에 관심이 몰리고 있으니 긍정적인 변화인 것만은 분명하다고 본다.

이 밖에도 기후 위기에 대응하는 방법 중에서 과학적인 것을 찾다가 '기후 공학'이라는 분야를 알게 됐다. 기자로 일하다 보면 포럼이나 회의에 패널로 참석하는 경우가 종종 있는데, 어느 날 기후 공학 포럼에 가게 됐다. 기후 공학은 '지구 공학'이라고도 하며, 지구 온난화를 막기 위해 기후를 인위적으로 조절하는 과학 기술 분야를 말한다.

어쩌면 지금 이 글을 읽으면서 자연스레 〈설국열차〉를 떠올렸을 수도 있다. 지구의 기온을 내리기 위해 대기 중에 화학 물질을 살포했다가 그 부작용으로 지구가 꽁꽁 얼어버렸다는 설정의 영화 말이다. 그러나 포럼에서 발표자로 나선 어느 교수님은 그건 큰 오해라고 하셨다. 기후 공학의 부작용을 우려하는 목소리도 있고 실제로 부작용이 있을 순 있지만, 그 정도는 아니라는 것이다. 사실 부작용이 있을 수밖에 없을 것이다. 우리는 아직 내일 날씨조차 100% 확실하게 알지 못한다. 알지 못하는 걸 완벽하게 조절하기는 불가능하기 때문에 어쩔 수 없는 일이다. 우려의 목소리도 있지만, 점점 뜨거워지는 지구를 식히기 위해 관련 연구가 진행 중이라는 사실은 놀라웠다.

혹시 모를 부작용을 우려해 실제 실험은 아직 못하고 있지만 '우연한 실험의 결과'로 기후 공학의 가능성이 나타나기도 했다. 대서양을 지나는 선박들에 유황이 포함된 연료 사용을 규제하자 항로를 따라 생기던 구름이 덜 생기고, 햇빛을 반사하던 구름이 덜 생기자 대서양 지역에서 흡수하는 태양 에너지가 늘었다는 것이다. 실제로 호주에서는 산호초를 보호하기 위해 바닷물을 하늘에 분사해서 구름을 더 하얗게 만들어 해수 온도를 낮추는 노력을 하고 있다. 최근에 캐나다의 어느 회사에서는 바닷물을 빙하 위로 끌

어 올려 빙하의 두께를 두껍게 하는 실험을 하고 있다. 두꺼운 빙하는 태양 빛을 더 많이 반사한다. 이 실험의 효과는 크지 않다고 하지만, 이러한 시도를 하고 있는 것 자체가 놀라웠다.

솔직히 말하면 지구는 이미 티핑 포인트, 임계점을 넘었다. 그러니까 탄소 배출량을 줄여 기온을 낮추더라도 이전과 같은 기후로는 돌아갈 수 없다는 말이다. 그렇다고 탄소 배출량을 줄이지 않고 그대로 내뿜는 건 최악의 결과로 가는 길이라고 전문가들은 강조한다. 부작용을 감수하면서라도 이런 노력을 기울이는 것은 그만큼 시간이 없다는 의미 아닐까?

제발 불내지 말아주세요,
난도 최상 '산불'

특보 중에서 가장 난도가 높은 특보를 꼽으라면 아무래도 산불이 아닐까 싶다. 태풍이나 장마 같은 기상 현상은 예측이라도 할 수 있다(물론 54일 동안 장마가 이어진 것은 예측하지 못했지만…). 그에 비해 산불은 언제 어디서 날지 모르고, 언제 꺼질지도 예측할 수 없으며, 너무나 광범위한 피해를 입히는 재난이다. 유실된 도로는 사람이 고치면 되지만, 까맣게 타버린 나무는 자연이 주는 시간 외에는 복구할 방도가 없다.

게다가 미세먼지와 탄소는 또 얼마나 많이 배출되는가. 다른 나라의 경우지만, 2023년 6월에 캐나다에서 발생한 대형 산불로 미국 뉴욕의 대기질까지 나빠진 적이 있다. 캐나다에서는 산불이 많이 나는 시

기였다고 하지만 그동안 산불이 별로 없던 곳에 대규모 산불이 난 것이다. 그 뒤로도 캐나다에서는 계속 산불이 발생해 2023년 산불로 인한 탄소 배출량이 과거와 비교해 가장 많았으리라는 분석이 있다.

우리나라에서는 산불의 빈도도 늘어났지만, 무엇보다 피해 면적이 많이 늘고 있다. 대형화하는 산불이 빈번해졌다는 뜻이다. 공교롭게도 내가 입사한 뒤로 2년 연속 산불 특보를 많이 했다. 첫해에는 강원도 강릉과 동해·삼척, 경북 울진 등에서 대형 산불이 났다. 그 이듬해에는 강원도뿐만 아니라 충청, 호남, 영남 등 전국 곳곳에서 대형 산불이, 그것도 동시다발적으로 났다. 이렇게 동시에 산불이 나면 산불 진화용 헬기 투입이 분산되기 때문에 그만큼 진화 작업이 더뎌질 수밖에 없다. 봄철의 대형 산불 중에는 비가 오지 않는 한 꺼지기 어려운 산불이 있는데, 특히 울진 산불의 경우가 열흘 가까이 이어지다 비가 오면서 겨우 완진됐던 기억이 있다.

2024년에는 겨울철에 눈비가 많이 내려 대형 산불이 전혀 없었다. 산림청에서는 '짝수 해'와 '선거가 있는 해'에 산불이 빈번한 편인데, 2024년이 그런 해라고 경각심을 일깨운 덕분일지도 모르겠다. 문제는 2025년이었다. 2022년 울진 산불 이후 평생 잊기 힘든 산불이 발생했다. 경북 의성 지역에서 시작된 산불이 시군을 넘어 확산하면서 유례없이 큰 피해를 입었다. 그동안 산불은 규모에 비해서는 인명 피해가 적은 재난이었는데, 이때는 인명 피해도 매우 컸다.

산불이 급속도로 확산하는 탓에 정확한 피해 규모를 추정하지도 못하고 있을 때였다. CCTV로 산불 상황을 파악하느라 고속도로 CCTV를 보는데, 트럭들이 후진하고 있었다. '왜 저러지?', '설마 산불이 저기까지 번진 건가?' 생각하는데, CCTV가 차들이 후진하는 반대 방향을 비추었다. 순간 소름이 돋았다. 고속도로 양옆으로 이미 산불이 활활 타오르고 있었던 것이다. 그뿐만이 아니다. 그 뒤로 한두 시간이 흘렀을까. 의성에서 영덕으로 산불이 번지면서 영덕에도 재가 날리는 광경이 CCTV에 잡혔다. 그날 영덕에서는 배를 타고 피신한 사람들도 있었다. 정말 믿기 힘들 정도였다.

의성은 지역 특성상 골짜기가 많고 소나무가 많아 진화에 어려움이 많았는데, 그날 전국적으로 강풍이

몰아치면서 삽시간에 주변 시군으로 옮겨붙은 것이다. 당일 아침 현장에 있던 산림청 박사님이 "오후에 바람이 강해진다는데, 동쪽이 전부 소나무 산이라 너무 걱정된다"고 한 말이 바로 현실이 되어버린 것이다. 10만 헥타르라는, 통계 집계 이래 가장 큰 피해 면적을 남긴 산불은 발생한 지 7일 만에 겨우 꺼졌다.

의성 산불을 두고 '기후 변화'의 영향이라는 기사가 쏟아졌다. 우리나라 산불의 주원인은 미국이나 캐나다처럼 번개 같은 자연 발화가 아니고 '입산자 실화', 즉 산에 간 사람들이 불을 내는 것인데 기후 변화와 무슨 관련이 있냐고 되묻는 이들도 있다. 그것도 맞는 말이다. 애초에 원인을 제공하지 않으면 산불이 나지 않을 테고, 그러면 기후 변화에도 산불이 나지 않았을 테니까. 그러나 앞서 말했듯이 문제는 바로 '대형 산불'이다. 대형 산불이 늘어나는 이유가 '기후 변화 때문'만은 아니지만, 기후 변화로 인해서 한번 불이 나면 대형 산불로 쉽게 번질 수 있는 것이다.

입산자 실화도 문제지만, 우리나라는 시골에 영농 부산물을 처리하는 시설이 부족한 실정이다. 양이 적어서 괜찮다고 집 옆이나 산기슭에서 부산물을 태

우는 사람들이 많은데, 이럴 때 강한 바람이 불기라
도 하면 순식간에 산으로 옮겨붙어 산불로 번지는 경
우가 많다.

그런데 나는 몇 차례의 산불을 가까운 곳에서 겪
다 보니 '기후 변화 때문'이라는 말이 불편하게 느껴
졌다. 이를테면 길에 사람이 쓰러져서 신고를 요청할
때, "신고 좀 해주세요!"라고 외치는 것처럼 느껴진
달까. 정확하게 "거기 하늘색 옷을 입으신 분! 신고
좀 해주세요!"라고 말해야 하는데 말이다. 기후 변
화의 영향이 없지는 않지만, 기후 변화 탓만 한다면
확실한 해결책을 찾지 못한 채 겉돌기만 할 것 같기
때문이다.

매해 봄철마다 산불에 촉각을 세우는 강원 영동
지역은 이미 고온 건조한 기후대로 접어들었다는 분
석도 있다. 이렇게 되면 봄철마다 강원도에 불을 부르
는 바람(화풍)이라고 불리는 '양간지풍(양양과 간성 사
이에 부는 강한 바람. 우리나라 봄철 기압계 패턴에서 종종 나
타나는 현상이다)'이 불 경우 작은 불씨에도 산불이 크
게 날 수 있다. 또 동시다발 산불과 의성 산불을 생각
하면 강원 지역만 산불 위험 지대가 아닌 만큼 앞으로

대형 산불에 대한 대비책 마련이 시급하다고 본다.

의성 산불을 취재하려고 의성과 영덕에 직접 다녀왔는데, 길 양옆의 산이 다 까맣게 타버린 처참한 광경이었다. 예전 같았으면 푸른 잎으로 뒤덮였을 산인데…. 돈 주고도 살 수 없는 자연 환경이 파괴된 것도 가슴 아프지만, 한순간에 삶의 터전을 잃고 트라우마를 입은 분들을 보면 뭐라 위로를 드려야 할지 말문이 막힌다. 피해자는 있지만 가해자는 없는 사건과 같은 산불. 작은 불씨가 화마로 돌변하는 건 정말 순식간이다. 산불 조심 기간만이라도 제발 모든 사람이 산 근처에서는 불을 피우지 말고, 불씨를 철저히 관리하면 좋겠다.

누군가에게 조금이라도
도움이 된다면

KBS는 재난 방송 주관 방송사여서 재난 방송을 매우 중요시한다. '특보' 상황에 무척 기민하게 반응한다는 뜻이다. 그러기 위해 재난미디어센터를 따로 두었으며, 그곳에 기상전문기자들이 속해 있다. 아무래도 '재난' 하면 태풍, 폭우, 지진 같은 자연재해와 연관이 많기 때문이다.

신입으로 입사한 지 얼마 안 되어 여기저기서 대형 산불이 나는 바람에 정신이 쏙 빠지고, 이제 비로소 기상전문기자가 가장 바쁜 여름을 준비하고 있을 때였다. 그때 기상전문기자 선배 한 분이 들려준 말이 인상적이었다. 우리가 재난 방송을 하긴 하지만 방송을 보고 재난을 대비, 대처해서 피해를 입지 않

은 경우가 있는지 알 수 없다. 그럼에도 누군가가 우리 방송을 보고 도움을 얻을 것이라고 생각하면 보람을 느낀다는 취지의 말이었다.

아직 초보 기상전문기자인 나에게는 그 말이 마음에 크게 와닿았다. 계속 특보를 하다 보면 솔직히 길을 잃을 때가 있다. 체력적으로 지치기도 하고, 눈에 보이는 무언가가 있어야 버티기 수월한데 그렇지 못하기 때문이다. 기상전문기자에게만 적용되는 건 아니겠지만, 적어도 몇 명을 구했다거나 내가 정확히 누구를 살렸다는 정량적인 실적을 알 수 없는 게 사실이다. 그렇지만 내가 쓴 기사 한 줄, 내가 말한 문장 하나로 조금이나마 안전해진 사람이 있을 거라고 생각하면, 필요한 내용을 하나라도 놓치고 싶지 않은 마음으로 기사를 쓰고 방송을 하게 된다. 어쩌면 자기 위안인지도 모른다. 그러나 이런 마음가짐은 지금도 그리고 앞으로도 나에게 중요하게 작용할 것이다.

이런 마음가짐을 더 굳힌 잊지 못할 순간이 있다. KBS에 입사하고 처음 맞이하는 여름, 태풍 힌남노가 우리나라로 북상할 때였다. 예전 태풍들과 비교해 매우 강력한 태풍으로 예측되어 철저한 대비가 필요한 상황이었다. 태풍이 근접하기 전부터 태풍 특보에 들어갔는데, 강한 태풍이긴 했지만 경로가 바뀌면서 처음에 우려했던 만큼 비바람이 강하지는 않았다.

계속 북상한 태풍이 거제 인근에 상륙했다가 거의 빠져나갈 때쯤이었다. 마침 철야조였던 나는 조금만 더 버티면 예상만큼의 피해 없이 태풍이 지나가리라 생각하고 있었다. 그때 포항 쪽 관측소들에서 강한 비가 오고 있다고 '집중호우 알림이' 문자가 오기 시작했다. 그런데 시간당 50mm 집중호우 알림이 온 지 얼마 안 되어 70mm, 90mm가 넘었다는 문자가 연달아 왔다. 힌남노가 남해안으로 지나가면서 강한 비구름대가 포항 쪽에 정체하듯이 걸린 것이다. CCTV를 찾아봤을 때는 이미 포항제철소 앞 도로가 잠겼고, 잠시 후 지하 주차장 침수 소식이 들려왔다.

그날 그 순간이 아직도 잊히지 않는다. 그때 자막이 조금이라도 일찍 나갔더라면, 방송에서 포항에 폭우가 쏟아지고 있으니 포항 지역 주민들은 밖에 나가지 말라고 콕 집어 말했더라면, 혹시라도 KBS를 틀어놓았던 분은 지하 주차장으로 가지 않았을 수도 있었을까. 내가 예보 능력이 더 좋았더라면 미리 알 수 있

었을까…. 이런 생각이 끊임없이 머릿속을 맴돌았다. 친한 동료는 아무도 알 수 없었던 일이었고 앞으로 더 잘하면 된다고 위로해주었지만, 사고 한 달 전에 서울에서도 집중호우로 지하 주차장 침수 사고가 있었던 터라 마음이 좀처럼 정리되지 않았다. 정확하게 어떤 일이 생길지, 어떤 효과가 있을지는 알 수 없지만, 기상전문기자로서 조금이라도 더 나은 방법이 무엇일지 찾는 것이 내게 여전히 큰 숙제로 남아 있다.

'만물 기후 위기'는
이제 그만!

'이런 현상은 지구 온난화와 관련이 있습니다.' '기후 위기가 심화하면서 이런 현상은 앞으로 더 늘어날 전망입니다.'

극단적이거나 특이한 기상 현상이 발생했을 때 기사들에서 자주 볼 수 있는 문장이다. 언제부터인지 나는 이런 문장을 볼 때마다 마음 한구석이 불편해졌다. 조금만 특이해도 호들갑을 떠는 것처럼 보인달까?

사실 기후 변화, 지구 온난화와의 연관성을 찾는 것은 매우 어려운 작업이다. 이상한 날씨가 나타나고 곧바로 분석이 나올 수 있는 것도 아니다. 그런데 날씨가 조금이라도 수상쩍으면 저런 문장이 바로바로

기사에 사용된다. 물론 나도 저런 문장을 어쩔 수 없이(?) 자주(?) 사용하지만, 적어도 기후 관련 연구 결과가 나왔을 때만, 그러니까 연관성이 밝혀진 경우에만 주로 사용하려고 노력한다.

저런 문장이 적힌 기사를 볼 때마다 불편하고 언짢은 이유를 생각해보면 아무래도 근거가 부족하다고 보기 때문이다. 예를 들어 폭우가 쏟아졌을 때, "이번 폭우는 지구 온난화의 영향입니다"라는 기사가 나왔다고 가정해보자. 물론 온난화로 대기가 품을 수 있는 수증기량이 늘어나면 폭우가 내릴 가능성이 높아지므로 아예 틀린 말은 아니다.

그러나 '그 폭우의 기작'이 과연 저렇게 적용될까? 수증기가 많아서인지, 당시의 기압계가 폭우를 내릴 만한 기압계였는지, 이런 기압계가 기후 변화의 영향으로 생긴 게 맞는지 등등, 저 문장이 '팩트'가 되려면 과학 실험을 토대로 분석해봐야 한다. 그런데 앞에서 말했다시피 그런 분석은 당장 나오지 않는다(안타깝게도 사람들 기억에서 해당 사례가 지워지거나 관심이 없어졌을 때쯤 나온다). 이례적인 기상 현상이 나타나면 주변 지인들도 종종 기후 변화 때문이냐고 묻곤 하는데, 그때마다 들려주는 말이 있다. 모든 기상 기후 현상에 대해서 "기후 변화의 영향이 없지 않다"가 제일 맞는 말이라고…. 너무 어정쩡하고 물러 터진 느낌을 주지만 과학적으로도 가장 맞는 말이라고 생각한다.

또 언제부터인지 기후 변화가 원인이라는 식으로 몰아가는 문장은 무책임하다고 느꼈다. 2025년 산불 보도를 보면서는 더 크게 느꼈다. 2025년 3월에 정말 말도 안 되는 산불이 발생하자 역시나 '기후 변화로 인한 산불의 대형화'라는 내용의 기사들이 쏟아졌다. 솔직히 우리나라 산불은 사람으로 인한 원인이 대부분이다. 물론 기후 변화로 산불이 대형화할 만한 조건이 갖춰질 수 있다는 연구가 많이 나왔다. 그러나 발화 원인 자체가 사람인 경우, 기후 변화가 원인이라고 하는 순간 산불에 대한 책임이 공중분해 되는 듯한 느낌을 받는다. 기후 변화도 당연히 중요하지만, 재난의 원인을 제대로 분석하고 피해를 줄일 수 있는 방법을 찾아보는 게 더 적절하지 않을까.

기후 변화로 인한 기상이나 재해의 극단화는 이제 모두가 아는 상식이 되었고, 인류가 함께 안고 가야 할 전 지구적인 현상이다. 이제는 피할 수 없는 현

상인 만큼 앞으로는 상식이 된 그 현상 자체를 보도하고 강조하기보다는 기후 변화로 인한 피해를 줄이는 방향을 함께 보도해야 한다는 생각이 들었다.

정신없이 산불 특보를 하다가 산불이 잡히자 대응 측면에서 부족했던 점들이 하나둘 눈에 들어왔다. 가장 아쉬웠던 것은 '옆 동네에 그렇게 큰 산불이 나고 강풍이 불고 있는데, 왜 빨리 대피하지 않았을까?'였다. 기록적으로 빠르게 확산하는 산불이 어디로 얼마나 번질지 예측이 되지 않았고, 관측도 없었고 등등 이유는 많다. 그렇지만 결국 늦은 대응 때문에 피해가 더 커지지 않았나. 아무리 기후 변화가 산불을 키웠다 하더라도 대응이 늦은 것은 문제였다.

고민 끝에 떠오른 생각은 산불 대응 체계를 바꿔야 한다는 거였다. 민방공 대피의 경우, 대피할 '준비'를 시키는 경계경보가 울리고, 그렇게 '준비'를 하고 있다가 공습경보가 내려지면 그 즉시 대피하는 체계다. 산불에도 이런 체계를 적용해야 한다는 생각이 들었다. 곧장 취재를 해보니 마침 행정안전부에서도 대피 체계를 개선하고자 준비하고 있으며, 내가 생각한 방향으로 바꿀 계획이라고 했다. 그래서 행안부가 새로운 체계를 발표하는 날에 미리 준비했던 리포트가 같이 나가게 되었다. 기후 변화를 제외한 원인이나 개선 대책을 찾는 보도는 쉽지 않다. 그러나 쉽지 않아도 필요한 것을 찾아내 보도했을 때, 그리고 그게 나 혼자만의 생각이 아니었으며 맞는 방향이었음을 확인했을 때만큼 뿌듯한 때도 없다.

산불은 정말 모든 것을 앗아간다. 산불이 꺼진 현장을 찾았을 때 그 허망함은 말로 표현할 수가 없다. 급히 대피한 분들은 달랑 휴대폰 하나만 간신히 챙겨 나오셨는데, 그게 전 재산이자 가진 것의 전부가 되고 말았다. 이번 산불도 기후 변화가 규모를 키웠을진 모르겠지만, 피해를 키운 것은 기후 변화가 아니었다고 생각한다. 기후 위기 뒤에 숨은 피해의 진짜 원인과 앞으로의 개선 방향을 놓쳐서는 안 된다.

끊기 힘든

'날씨 도파민'

'드디어 우리나라에 영향을 주는 성층권 돌연 승온이 발생했다!'

2025년 3월, KBS 입사 이후 약 3년 만에 그동안 내심 기다려온 현상이 나타났다. 바로 '성층권 돌연 승온'. 북극 쪽 성층권의 기온이 파동이나 어떤 자극에 의해 갑자기 치솟는 현상인데, 우리가 살고 있는 대류권에까지 영향을 미쳐 날씨 변화를 불러온다. 대개의 경우 북극의 찬 공기가 중위도까지 내려오면서 곳곳에 한파나 꽃샘추위를 몰고 온다. 하지만 우리나라 날씨에 무조건 영향을 주는 것은 아니어서, 리포트를 하기 위해서는 우리나라에 영향을 주는 성층권 돌연 승온이 나타날 때까지 기다리는 수밖에 없었다.

그리하여 3년을 기다린 끝에 드디어 성층권 돌연 승온이 우리나라에 요란한 꽃샘추위를 몰고 오는 현상이 나타난 것이다.

솔직히 이런 말을 해도 될진 모르겠지만, 이런 희한한 날씨나 극단적 기상 현상이 나타나거나 그럴 조짐이 보이면 점점 기분이 들뜬다(앞 문단의 '기다려온'이라는 말에서 이미 느껴졌을지도…). 나는 이걸 '날씨 도파민'이라고 표현한다. 이 도파민이 몸속에 돌기 시작하면 일기도는 물론이거니와 현상에 따라서는 레이더와 위성 영상, 관측 자료, CCTV까지 계속 보게 된다. 또 누구에게든 자꾸 설명하고 싶어지는 부작용도 있다.

'날씨 도파민'이 분비되면 내 안에서 기상전문기자와 도파민 중독자 사이의 갈등이 생긴다. 기상전문기자로서 나는 피해가 나지 않아야 한다는 걱정이 앞서지만, 날씨 도파민 중독자인 또 다른 나는 새로운 기록이 세워지거나 보기 드문 기상 현상이 나타나기를 은근슬쩍 바란다. 하지만 이런 날씨 도파민 중독도 많이 필요하다고 당당하게(?) 말할 수 있다. 날씨 예측 상황과 분석 상황을 쉼 없이 따라가면서, 그러

니까 날씨의 자취를 따라가면서 날씨 인터뷰를 그 어느 때보다 더 열심히 준비하고 더 잘할 수 있기 때문이다.

최근에는 2024년 겨울이 그랬다. 대기 흐름이 정체되는 '블로킹'이라는 현상이 자주 나타났는데, 예년에 비해 유독 잦다는 느낌을 받았다. 이 블로킹도 도파민이 나오게 하는 현상 중 하나다. 말 그대로 대기의 흐름이 정체되면서 한 가지 기상 현상이 오랫동안 나타나거나, 아니면 극단적인 현상이 나타날 가능성이 높기 때문이다. 또한 종종 북반구 전체에 나타나기도 하는 블로킹 현상은 도미노처럼 연쇄 반응을 일으키는데, 우리나라에서는 이상 기상 현상이 나타나지 않더라도 다른 나라에서는 나타나는 것을 기대할 수 있다.

아무튼 블로킹이 왜 잦은지 고민하고 있을 때 한파 이벤트 하나가 발생했다. 바로 북극발 한파! 북극의 찬 공기가 블로킹 현상 때문에 우리나라까지 내려온 것이다. 이와 동시에 북극의 고온 현상이라는 특별한 일이 하나 더 발생했다. 북극의 기온이 평소보다 20도 가까이 치솟은 것이다.

이를 다른 기사들에서는 북극이 뜨거워지자 북극 진동 지수가 음의 값이 되어 북극에 갇혀 있던 찬 공기가 풀려나면서 우리나라로 밀려 내려왔다고 표현했지만, 엄밀히 말하면 그 분석은 틀렸다. 블로킹 현상으로 인해 대서양의 저기압이 북극 쪽으로 흘러들어갔는데, 저기압의 흐름을 따라 따뜻한 공기가 북극으로 흘러들어 기온이 오른 것이었다. 말하자면 블로킹 현상 때문에 북극도 이상 기상 현상을 당해버린 셈이다. 일차적으로는 북극 고온과 우리나라 한파가 동시에 나타나면서, 이때 우리나라 철원의 일평균 기온이 북극보다 더 낮았다. 그 뒤 이차적으로 북극의 고온 현상이 블로킹을 강화해 찬 공기가 우리나라로 한 차례 더 내려온 현상이었다. 북극 진동 지수도 1차 때는 양의 값이었고, 2차 때가 돼서야 음의 값이 됐다.

관련 현상을 연구해온 교수님에게 인터뷰를 요청했는데, 인터뷰 때도 도파민이 터지고 말았다. '블로킹이 잦은데?'라고 심증만 있던 내 생각이 교수님이 분석한 자료에서 사실로 확인되었기 때문이다. 블로킹 빈도를 정량적으로 분석한 자료를 보니 겨울 초입

부터 북반구에 블로킹 현상이 잦았으며, 교수님은 뜨거운 바다를 주목하고 있었다. 실제 블로킹이 발생한 지역은 대서양이나 태평양 등 바다 쪽에 많았는데, 블로킹은 고온 현상이 있을 때 더 잘 발생하는 경향이 있기 때문이다.

이렇게 심증이 실제가 되는 순간의 쾌감은 정말 중독적이다. 날씨가 예상한 것보다 극단적일 때도 정말정말 자극적이다. 밤새 폭우가 쏟아지거나 폭우가 예상될 때는 퇴근하고 나서도 쉽게 잠에 들지 못한다. 피해를 걱정하기 때문이기도 하지만, 강하고 많은 비가 내릴 때의 레이더 영상은 유튜브 쇼츠만큼 계속 보게 된다. '어떻게 비구름이 이렇게까지 발달하지?' 하며 어느 정도까지 발달하는지, 어디로 가는지를 자꾸 확인해보게 된다. 근처에 CCTV라도 있으면 또 빠져든다. 날씨 도파민에 절여질 때마다 예전에 본 추리 만화에 나온 말이 떠오른다.

"수수께끼여, 더욱더 깊어져라."

그때는 그 인물이 어떤 마음으로 말하는지 공감하기 어려웠는데, 이제는 알 것 같다.

난 다행히
바보가 아니었나 보다!

앞에서도 말했지만, 나는 기자가 되기 전까지만
해도 방송에는 전혀 생각이 없던 사람이었다. 뉴스도
잘 보지 않았고, 큐시트, 헤드라인, 블록 등등… 아는
용어도 없었다. 그래서였을까? JTBC 시절을 돌이켜
보면, 메인 뉴스에서 한 코너를 맡는다는 게 얼마나
영광스러운 일인지 잘 몰랐다. 코너를 하나 맡는 것
이 앵커를 맡는 것만큼이나 기자들이 원하는 일이라
는데(원하지 않는 기자들도 있다), 그때는 그저 내가 해
내야 하는 '업무'와 '책임'으로만 느껴져서 힘들다는
생각이 뇌를 지배할 뿐이었다.

매일같이 아이템을 찾아야 하고, 코로나 시기여
서 내 생활이 없었다는 점도 크게 작용했다. 방송은

날마다 했지만, 방송을 모르니 정확한 모니터링도 없고 여유도 없었다. 그렇다 보니 방송 실력이 크게 늘지 않았는데, 이 점에서는 당시 시청자분들께 죄송하다. 비루한 핑계를 대자면, 오늘 얼른 끝내야 할 일을 하루하루 쳐내는 것에 만족하는 시기였던 데다, 무엇보다도 당시 내게는 여유가 없었던 탓이다. 선배와 유튜브를 통해, 그리고 스피치 학원까지 잠깐 따로 다녀서 머리로는 알지만 실전에 적용하기가 너무 어려웠다.

그런데 KBS로 이직한 뒤에 내가 출연한 장면을 본 JTBC 동료들이 KBS에서 따로 방송 교육을 받았는지 물어오곤 했다. 별도의 방송 교육을 받지 않았고 달라진 게 없었기 때문에, 대체 이유가 뭘까 곰곰이 생각해봤다. '오자마자 특보를 쉼 없이 해서 그런가?', '사수 선배가 친절해서 그런 걸까?', '날마다 쫓기듯이 하지 않아서 그런가?'….

이리저리 생각해본 결과, '여유가 좀 더 생겼기 때문'으로 좁혀졌다. 오자마자 산불 특보 등을 하면서 하루에 13회나 출연한 적이 있는데, 인이어와 마이크를 빼기 귀찮아서 화장실에도 가지 않고 하다 보면 신기하게도 몰입과 초탈 상태가 동시에 느껴질 때가 있다. 특보에 집중하면서도 초탈한달까…. 그리고 마음 편하게 해준 선배들 덕분이기도 한 것 같다. 멘트를 더듬거나 실수를 해도 보듬어준 선배들 덕에 편한 마음으로 방송에 임할 수 있었다. 또 날마다 출연하는 것이 아니어서 모니터링을 할 수 있었고, 머리로만 알았던 것을 적용해볼 수도 있었고, 그래픽도 내가 직접 만들고 직접 넘기다 보니 순서를 미리 알기에 여유가 생겼던 것이다.

방송에 무지했고, 남들 앞에 서는 것을 몹시 쑥스러워했으며, 휴대폰으로 셀카도 찍지 않았던 나는 점차 '예전보다' 확실히 안정됐다. 물론 여전히 불안정하고 방송 능력이 오락가락한다. 모니터링할 때마다 원고 내용이 아쉽게 느껴질 때가 많을뿐더러 목소리 톤은 왜 매번 달라지는지, 말투와 제스처는 또 왜 저런지…. 그래도 처참했던 초창기보다는 내가 봐도 나아진 듯하다.

방송을 잘하려면 자신의 목소리 톤을 찾아야 하고, 계속 그 목소리와 자연스러운 태도로 말할 수 있는 '일관성'이 중요하는 이야기를 많이 들었다. 그런

데 이게 생각보다 쉽지 않다. 평소대로 말하는 톤이 내 목소리 톤도 아니었고, 진작에 몸에 밴 목소리 톤과 말투를 고치려면 또 다른 습관을 입혀야 하기 때문이다. 특히 갑자기 편성되고 생방송인 경우가 많은 특보 때 당황하면 평소 습관대로 행동하게 된다. 그래서 평소에도 욕을 하지 않는 등 좋은 습관을 들여놔야 한다. 당황한 나머지 방송에서 나도 모르게 욕을 하면 안 되니까….

또 생방송에서 긴장하면 나는 목소리 톤이 올라가는데, 그럼 진짜 이상한 목소리로 말하게 된다. 종종 예전에 출연한 영상을 볼 때, 나만 아는 내 목소리 톤으로 그날의 상황을 다시 짐작할 수 있다. '저 날 내 마음에 여유가 전혀 없었구나' 하면서….

이렇게 머리로는 알지만 실천이 잘 안 되는 나에게 기회가 불쑥 찾아왔다. 재난미디어센터에서 맡아 제작하는 재난 정보 프로그램 〈재난방송센터〉인데, 10분 남짓한 짧은 프로그램이다. 쑥스럽게도 앵커라 불리고, 보도 자료와 기사가 거창하게 나가서 뻘쭘했다. 어쨌든 코너와 마찬가지로 어떤 프로그램 하나를 맡는다는 것은 내게 엄청난 기회이고 고마운 경험이다. 다른 사람이 쓴 리포트에 앵커 멘트라는 것도 적어볼 수도 있다.

"맡기지 못할 실력이면 맡기지 않았을 거야"라는 T 친구의 T스러운 응원에 힘입어 한 주 한 주 조금씩 나아지는 것을 목표로 열심히 하고 있다. 물론 이 원고를 쓰는 지금도 목소리 톤이 매주 달라지는 탓에 모니터링할 때마다 어질어질하고, 앵커 멘트를 작성하기가 힘들어 헤매고 있지만…. 카메라 앞에 서면 꽁꽁 얼어버리고 하도 긴장해서 얼굴이 터질 것 같던 내가 KBS에서 프로그램을 맡다니. 이건 정말 천지가 개벽할 일이다. 다행히 나는 바보가 아니었나 보다!

혹시 일기도 보는 거
좋아하나요?

'기상전문기자'라는 직업은 매우 낯설 것 같아요. 이 직업에 관해 들어본 친구도 별로 없을 듯하고, 고려해볼 수 있는 직업 중 하나라는 것조차 잘 모르고 있을 수도 있어요. 저도 그랬으니까요. 심지어 학부 때 시간표를 전공과목으로 채우면서도, 분명 전공 강의였던 '방송기상학'은 "이 수업은 뭐야, 왜 있는 거야?" 하고 수강 목록에서 제외했거든요. 강의 계획서도 살펴보질 않아서 어떤 내용을 배우는 과목인지조차 몰랐는데, 방송사에서 일하게 될 줄 알았으면 들어볼 걸 그랬죠.

기상전문기자로 일하면서 직업 소개 세미나를 통해 기상전문기자가 어떤 일을 하는지 소개할 기회가 종종 있었어요. 또 몇몇 후배가 기상전문기자에 관심이 있다고 메일을 보내면 답장을 해주고, 직접 만나 이야기를 나누기도 했어요. 다들 화면에 보이는 것 말고 어떤 일을 하는지 그제야 알게 되었다는 반응이 많았어요.

직업을 설명하는 기회가 있을 때마다, 예전에 받았던 질문이 떠오릅니다. 최종 면접 때 받았던 질문인데요. "방송에 비치는 화려한 면만 보고 지원한 거 아니냐. 보이는 것보다 굉장히 힘든 직업인데 할 수 있겠느냐"라는 요지의 질문이었어요. 그때는 '연예인도 아닌데 뭐가 화려하다는 말일까?' 의문을 품었지요. 그런데 지금 생각해보면 'TV에 비치는 평온한(?) 모습과 많이 다르다, 그래도 각오하겠느냐'를 묻는 질문이었던 것 같네요.

짧다면 짧고 길다면 긴 시간의 기상전문기자 경력을 바탕으로 후배들에게 해주고 싶은 말은 기상전문기자에게 무엇보다 필요한 건 날씨에 대한 관심과 일기도 분석 능력이라는 거예요. 일기도를 분석하는 건 정말 어렵지만 일기도를 분석하지 않으면 날씨나 기후에 관해 어떤 이야기도 할 수가 없더라고요. 이 날씨가 왜 나타나게 되었는지, 기후 변화와 어떤 연관이 있는지 알려면 아무래도 일기도를 파악할 줄 알아야겠죠. 관련 학과를 졸업했다고 전부 일기도를 분석할 수 있는 건 아니기 때문에, 만약 기상전문기자에 관심이 있다면 기상기사 자격증을 공부하면서 일기도 보는 능력을 키우는 걸 추천합니다.

또한 모든 직업이 그렇듯 기상전문기자라는 직업에도 힘든 점과 좋은 점이 함께 있어요. 제가 느끼기에 좋은 점 중 하나는 '지적 호기심을 해소할 수 있다'는 거예요. 저는 박사 학위까지 받는 과정에서 어찌 보면 좁아진 제 시야를 다양한 분야로 넓혀가는 기회를 얻었어요. 그 깊이가 학위를 따는 것만큼 깊지는 않더라도, 교수님을 비롯해 여러 분야의 전문가들과 직접 만나면서 많이 배울 수 있었거든요. 대학에서는 학문으로만 느끼던 대기과학이 실생활에서 어떻게 활용되는지도 보고, 그런 내용을 사람들에게 전달하는 과정이 꽤 괜찮답니다. 이런 점이 제가 이 직업에 몸담고 있는 가장 큰 이유이기도 해요.

워라밸이 조금(?) 잘 지켜지지 않는다는 점 빼고는 괜찮은 직업인데, 좋은 점을 잔뜩 이야기하는 다

른 한편으로 후배들에게 마냥 추천하지 못하는 이유
도 있어요. 채용 공고가 해마다 나지 않기 때문이에
요. 언제 채용 공고가 날지 모르는 직업을 추천하는
것은 희망 고문을 하는 것 같달까요. 그럼에도 대기
과학에 애정과 관심이 있는 사람이라면 기상전문기
자가 분명 도전해볼 만한 직업이라고 생각합니다.

게다가 요즘에는 유튜브나 블로그를 통해 사람들
에게 기상, 기후를 전하는 방법도 있죠. 기후 위기가
심각해짐에 따라 기상, 기후에 대한 대중의 관심이
높아지면서 대기과학이 점점 중요한 분야가 되고 있
어요. 그런 만큼 수요가 많아질 거라고 생각해요. 사
람들과의 소통이나 지식 전달에 관심이 있다면 기자
에 국한되기보다는 유튜버나 과학 커뮤니케이터 쪽
으로도 도전해보면 좋을 것 같습니다. 그러다가 기상
전문기자 채용 공고가 났을 때 지원해보는 건 또 어
떨까요?